BBN
B●BOY NOVELS

マフィアの華麗な密愛

桂生青依

JN265092

この物語はフィクションであり、実在の人物・団体・事件等とは、いっさい関係ありません。

CONTENTS

マフィアの華麗な密愛 —— 7

あとがき —— 247

マフィアの華麗な密愛

「そろそろ……ホテルに戻らないとな……」

イギリス・エジンバラ近くに建つ古城。その庭に造られた四阿《しあ》からぼうっと宙に視線を投げたまま、加々見和哉《かがみかずや》はぽつりと呟いた。

昨日、ホテルの人に聞いた話によれば、この庭は春には花でいっぱいになるらしい。

だが今は、次第に濃くなる霧が辺りを包み、ほんの数メートル先も見えない乳白色の世界が広がっている。

「晴れない霧に、晴れない気分——か……」

まるで自分の胸の中みたいだ、と和哉はさっきからずっと思っていた。

東京《とうきょう》・青山《あおやま》にある、イタリアンレストラン【ピアチェーレ】のオーナーである和哉が、今日この城で開催されたオークションのことを知ったのは、約半年前。骨董《こっとう》好きな常連の一人からだった。

『絵や彫像と一緒に、珍しい食器とか、グラスもあるらしいよ』

彼はきっと、和哉の店が、味はもちろんのこと、プレートやカトラリーにもこだわっていると知って教えてくれたのだろう。

実際、和哉は今までも海外の色々なオークションや店を訪れては、自らのレストランに合うものを一つ一つ集めてきた。

料理を乗せる大小の皿や、フォークにナイフ、グラスやカップ、はてはクロスやナプキンや砂糖入れに至るまで気を配り、少しでも素敵なものを、店に合うものをと、手間を惜しまず探し続けていたのだ。

だから、その話を聞いてからというもの、和哉は情報を集め、渡英を決め、期待に胸膨《ふく》らませて過ごしてきた。

そして今朝、いよいよここを訪れたときも、「あのグラスを落札したら」「あのティーセットを落札したら」と、わくわくしていたのに。

「はあ……」

気づけば、また溜息が漏《も》れる。

柳眉はきつく寄せられ、中性的な整った貌《かお》も、今は翳《かげ》りが勝っていた。

オークション後、一緒に来ていた従兄弟《いとこ》の相澤邦彦《あいざわくにひこ》を先にホテルに帰し、一人ぶらりとこの庭を散歩しながら、何度溜息をついただろう。

終わったことを悔やんでも仕方がない。だが考えないようにしようと思っても自然に頭の中はそれでいっぱいになってしまうのだ。そして思い返すたび、自分の力のなさが情けなく、入手できなかったことが残念で堪《たま》らない。

と同時に、悔しいような忌々しいような気持ちもこみ上げてくる。

胸中を幾度も過《よ》ぎるのは、一人の男の貌だ。

黒茶の、少しくせのある髪。左右の瞳は、それぞれ翡翠《ひすい》と琥珀《こはく》を思わせるオッドアイ。

長身で、一度会えば絶対に忘れられない圧倒されるような端麗な容姿を持つその男は、和哉が狙っていたものをことごとく攫《さら》っていった。

「シルヴィオ＝マルコーニ……か……」

確かニューヨークでも同じ目に遭わせてくれたよな――。

思い出すと、ますます眉間に皺が寄る。

天敵。

まさにそんな相手だ。

イタリア人で、歳は、和哉よりも三つ四つ上の三十二か三歳。

聞くところによれば、高級リゾートホテルや客船を主にした海運会社を傘下に置くグループのオーナーであり、膨大な資金を背景に、マスコミやスポーツ業界にも、スポンサーとして大きな影響力を持っているらしい。

そして彼と和哉は趣味が似ているらしく、オークションでは欲しいものが悉《ことごと》くぶつかった。

結果はといえば、そのたびに和哉が負けてばかり。

二ヶ月ほど前の、ニューヨークでのオークションのときだって、そうだ。

彼は、億を超える高額の品を次々落札する一方で、和哉が狙っていたものも端から攫ってしまい、和哉は何度も唇を嚙む羽目になった。

あれから日が経ち、「オークションなんだから仕方がない」と、なんとか気持ちに折り合いはつけたつもりでも、今日もかと思えば、過日の敗北感が思い出されてしまう。

お金を持っていなければ落札できないのがオークションだが、お金を持っているだけでは落札できないのも、またオークションだ。財力の差だけでなく度胸の差、そして駆け引きの巧緻《こうち》の差で結果が別れる。

そんな場で続けて負けているためか、なんだか自らの自信やプライドにまで傷をつけられたような気がする。

今日は、狙っていた五つの品の全てを彼に持って行かれてしまった。

欧州までわざわざ来て、何も得られずに帰ることになるとは……。

「どこか、店を回ってみようかなあ」

ホテルに帰るまでに、どこか店を覗いてみようか？　もしかしたら、掘り出し物が見つかるかもしれない。

そう考えながら、庭へ足を踏み出す。

普段は、どちらかといえば何に対してもあまりしつこくないつもりの和哉だが、今回に限ってはこのまま、手ぶらですごすごと店には帰れない気がしているのだ。

自分と、従兄弟の邦彦、そしてメインシェフである堺《さかい》とで共同経営している【ピアチェーレ】は、和哉にとって今や生活の全てだ。

学生時代のアルバイトをきっかけに足を踏み入れた飲食業界だが、今となっては天職だと思っている。

性別も年齢も様々な人たちが、一つの皿をきっかけに話を弾ませたり笑顔を見せたりという光景を間近で見られるレストランは、「温かな家庭」に恵まれなかった和哉にとっては、胸がじんとするものだったのだ。

しかも、色々な人の協力と自身の頑張りによって開店にこぎつけられた「自分の店」ともなれば、一層愛着が湧いていた。

店があれば恋人なんか必要ない——そう言い切ってもいいほどだ。

シェフやスタッフに恵まれたためもあるが、店にいるときの自分は、どんなときよりも優しくなっていると思う。

加えて、懸命さも真剣さも愛情も、今はあの店に対してのものが一番大きいだろう。日々、充実感も感じている。

だから、そんな店をもっとよくするために、いろんな品々を手に入れたいと意気込んでオークションに臨《のぞ》んだのに。

「五つとも全部負けるなんて……」

思い出しては溜息をつき、その溜息にまた落ち込みながら、庭を抜けるアーチを目指す。

霧の中をゆっくりと歩いていたときだった。

「……おや」

ミルク色のヴェールの向こうから、ベルベットを思わせる声が届いた。次いで足音が聞こえ、やがて、人の気配が伝わる。

もしかして……。

和哉が目を凝《こ》らすと、やがて、霧の中から背の高い一人の男が姿を見せた。

「……あなたは……！」

思わず声を上げると、男はにっこり微笑む。

他でもない、今さっき思い描いていた、シルヴィオその人だった。

歩くたびに、優雅に翻《ひるがえ》るコート。遠目でもラインの美しさが見てとれるスーツ。

青山でレストランをやっている仕事柄、和哉は、芸能人や有閑マダム、好事家《こうずか》や趣味人の社長、若社長という人たちを見る機会も多いほうだ。

従兄弟の相澤もコンサルティング会社の社長だし、金持ちは見慣れていると思っていた。

だが、このシルヴィオは、それらの数多《あまた》の「お金持ち」とは全く違う気配がした。上手く言えないが、佇まいからして独特なのだ。彼の周りの空気だけ、他とはまるで異なっている。

甘めの、しかし端整すぎる貌のせいか、同じ空気を吸っているとは思えない雰囲気なのだ。

「あ……」

そのとき、近くの木に留まっていた鳥が、枝を揺らして羽ばたく。その音に、和哉ははっと我に返った。

そんなつもりはなかったのに、ついじっと見つめてしまっていたらしい。

手を伸ばせば触れられる距離まで近づいてくると、シルヴィオは、一層目元を和ませた。

「こんにちは。声がしたから誰かいるのかと思えばあなたでしたか」

穏やかな声は、綺麗《きれい》な日本語だ。だが何よりその声音《こわね》は、ただそれだけでぎゅっと胸を攌まれるかのような官能を湛《たた》えている。

女性なら誰でも――いや、場合によれば男でも、くらりと引き寄せられそうになる美声だ。

しかし、和哉はその余裕のある声に、悔しさが再びこみ上げてくるのを感じていた。

(オークションなんだから仕方ない)

(正々堂々と競《せ》り合って負けたのだから諦めなければ)

そう思おうとしても、目の前の男からは嫌味なほどの余裕が感じられ、悔しさが煽《あお》られる。

しかも、まさかここで会うとは思っていなかったし、自分のことを覚えているとも思っていなかったから、完全に不意をつかれた格好だ。

彼はいつも綺麗な女性や大勢の秘書に囲まれ、遠目で見ることはあっても二人きりになることなんか全く想定していなかったのに。

思わぬ事態に、和哉は困惑していた。だが、それを知られるのは癪《しゃく》で、動揺をなんとか抑え込む。

「……こんにちは」

そして緊張しつつも、様子を窺《うかが》うように挨拶を返すと、シルヴィオは小さく吹き出した。

「——何がおかしいんですか?」

いきなりの態度に、思わず声を上げる。すると、シルヴィオは目を細めたまま「失礼」と軽く手を挙げた。

「そんなに警戒しなくてもと思ってね」

「別にそんな……」

「そう?　ここがぴくぴくしてるから、てっきり緊張してるのかと」

「何するんですか！」

　突然さらりと頬を撫《な》でられ、咄嗟《とっさ》にその手を叩き落とそうと反応する。だが手に手が触れる寸前に、シルヴィオはするりと指を離した。

　動揺をたった一言で悟られた恥ずかしさと、空を切った手のやり場がなく赤くなっていると、追い討ちをかけるようにくくっと笑い声がした。

「ほら。やっぱりピリピリしてる。棘《とげ》で身を守る薔薇《ばら》の精みたいだな」

「そんなの、いきなり触られたら、誰だってそうです！」

　和哉はあくまで動揺していることを隠すと、きっと睨み上げた。

　初対面にも拘《かか》わらず、こんなに悠然《ゆうぜん》として、しかもどこか人を食ったような態度のシルヴィオに、憤《いきどお》りが湧いてくる。

（何が薔薇の精だ）

　いきなり触れてくるなど、まるで、端《はな》から自分のほうが優位にいると決めているかのような態度だ。

（いくら僕が負けてばかりだからって……）

　馬鹿にするな、と、和哉は態勢を整えるように言い返した。

「人のことをあれこれ言う前に、自分が無礼だと自覚して下さい。世の中、あなたに触られたがっている人ばかりじゃないんです」

　しかし、シルヴィオはそれでも微笑みを崩さない。それどころか、和哉の声をいなすようにことさらゆったりとした声で言う。

「興味があるものには触りたくなるものだろう？」

「興味？」

和哉はきつく尋ね返す。

「そう。ニューヨークでのオークションのときといい、今日といい、わたしの欲しかったものに次々手を挙げていた人だ。結果は残念だったようだけど、こうまで趣味が合えば、気になるさ。名前も覚えたよ。加々見和哉さん」

ウインクでもしそうな軽い口調に、ますます憤りが増す。

（この……）

「誰のせいで『残念な結果』になったと思ってるんですか」

考えるよりも先に、声が出てしまっていた。

からかわれているとわかっていても、言い返さずにいられない。

駆け引きを楽しんでいるうちに、いつの間にか手の中に零《こぼ》れてきた――。

シルヴィオの言い方からはそんなニュアンスさえ感じられ、差を見せつけられるようで頭にきてしまう。

こちらは本気で欲しくて競っていたのに、彼にとっては他愛のない駆け引き。

なのに負けてしまった自分が悔しくて。

すると、シルヴィオは微《かす》かに口の端を上げる。

「わたしのせい——かな」

「ええ、そうです。今日だってあなたが——」

そこまで言って、和哉はぎゅっと唇を噛んだ。これ以上言えば、自分が惨《みじ》めになる。

口を噤《つぐ》むと、シルヴィオは宥《なだ》めるように優しく眼差しを変えた。

「でも、趣味が合う相手が見つけられて嬉しいのは本当だ。あなたはそうは思ってくれないのかな。鬱陶《うっとう》しい奴だとか邪魔な奴だとか——そんな風にしか見てもらえないのかな」

「そんなことは……」

不意にしおらしく声を落とし、まるで自らを卑下するようなシルヴィオの言葉に、和哉は慌てて首を振った。

確かに欲しいものを攫われることは悔しいが、そういうことがあるからオークションなのだということぐらいはわかっている。

それに、周囲も一目置く彼と趣味が似ていることに、まんざらでもない気持ちがあることも本当だ。

しかし和哉がそう言った途端、シルヴィオは再び含みのある微笑を浮かべた。

「ならよかった。勇ましい美人は大好きでね」

「っ——」

(何が美人だ!)

「馬鹿にしないで下さい!」

自分でも思っていた以上に強い声が出た。

ただでさえ、今日も彼に負けたことが悔しくて堪らないのだ。その上、こうもからかわれ、翻弄されれば、終始遊ばれているようで憤りも我慢できなくなってしまう。

だが、見つめ返してくる双眸《そうぼう》は微笑んだままだ。

「馬鹿にするつもりはないよ。見た目は綺麗でしとやかなのに、いざ欲しいものを前にすれば情熱的。そういう人は魅力的だ。聞いた話だと、日本でレストランをやってるんだって？」

「え、ええ——まあ……」

気勢を削《そ》がれ、しぶしぶ答えると、シルヴィオはさらに笑みを深める。

「機会があれば、ぜひ行ってみたいな。あなたの店ならきっと素敵だろう。オークションに参加したのも、店のために？」

「そのつもり、でした」

苦みの残る舌で声を押し出す。

すると、シルヴィオはふっと息をつき、どこか諭《さと》すような表情を見せた。

「だったら、少し考え直したほうがいい。こう言うとなんだが、今のレベルのオークションは、あなたには荷が重すぎるだろう」

「なっ」

「オークションは世界中でいつでも、どこでも行われるんだ。もう少し、身の丈《たけ》に合ったものに参加したほうが確実だよ。道楽ならともかく、店の経営のように事業が絡んだことなら、旅費や参加費の損になるだけのものに参加するべきじゃない」

「場違いだと言いたいんですか？」

震える声で和哉は言った。

「身のほど知らずが、のこのこ顔を出すなと――」

「そこまでは言っていない。だが、競り合いに勝って欲しいものを手にするためには、相応の資金か、資金の差を逆転できるだけの勝負強さや駆け引きの上手さが必要だ。中途半端な資金で中途半端な勝負をしていてはいつまでたっても勝てない」

「……」

「今日だってそうだ。もしあなたが五つのうちのどれか一つに絞って勝負をかけてきたなら、それは手にできていたんじゃないかな」

「大きなお世話だ！」

つい叫ぶと、シルヴィオは苦笑する。

図《はか》らずも自分の子どもさ加減を露《あらわ》にしてしまい、和哉は耳を染めた。挑発に乗ってしまった自分が悔しい。それでは、まさしく彼の言うとおりだ。

「っ……」

乱れる息を殺して黙り込むと、一歩、彼が近づいてきた。

「海の向こうからやって来た大和撫子《やまとなでしこ》が、現実に打ちのめされて落ち込んでいる様子は見ていても辛いものだ」

「やま……!?　からかうのもいい加減にして下さい！　前回と今回はたまたまあなたにしてやられましたけど、次は負けませんから！」

睨むようにして言うと、シルヴィオはこの上なく愉快そうに目を細める。

「負けません――か。わたしも、またあなたと勝負できるのを楽しみにしてるよ」

そして、面白がっているようにも、本気で嬉しがっているようにも聞こえる不思議な声でぽつりと呟くと、直後、首を傾げた。

「ところで、どうしたのかな。その、顎《あご》のところは」

「え？」

声と共に顔を覗き込まれ、和哉は何かついているのかと、自身の顎から喉に触れる。

その途端、クスッと小さな笑い声が聞こえたかと思うと、自ら上向けた唇に、男のそれがゆっくりと重ねられた。

「っ…んっ――!?」

何が起こったのかわからず、和哉は口付けられたまま瞠目《どうもく》した。弾力のある、温かな唇。抱き締められた身体、強い腕、広い胸、官能を揺さぶるようなムスクの香り、柔らかなコートの感触と、何もかも包み込むような深い霧――。

やがて、唇が離れ腕が解け、身体が離れる。

「あっ――」

と同時に、和哉は短い悲鳴を上げていた。

腰に力が入らない。下草の上に尻もちをついたまま、為《な》す術《すべ》なく潤《うる》んだ瞳で呆然と見上げると、微笑んだシルヴィオが静かに片膝をつく。

さっと手を取られたかと思えば、その甲に唇が押し当てられた。

「またどこかでお会いしましょう。可愛い人」

微笑みと共に言われた言葉は、一生忘れないだろう——。

恥ずかしさと屈辱に震えながら、和哉は強くそう思った。

それから約七ヶ月。

五月、若葉の頃、その清々《すがすが》しい朝の気配にも拘わらず、和哉は眉を顰《しか》めてベッドの上にいた。

「最悪……」

夢見の悪さに、顔が曇る。

「なんでよりによってあんな奴の夢……」

唇を噛むと、長めの髪をくしゃりとかき混ぜた。脳裏には、まだあの微笑みが残っている。

余裕を見せつけるような、人を子ども扱いするような、いけすかない笑み。

シルヴィオとは、それからも二度会った。再びニューヨークで。そして香港《ほんこん》でだ。

そして、またも欲しいものが悉くぶつかり、負け続けた。

(落としたのがあいつだってわかったときの悔しさといったら……!)

厳密に言えば、全敗というわけではない。和哉も次第にオークションの腕を上げ、なんとか一つは手に入れられるようになっている。だが、一番欲しいと思っているものに限って、必ず持って行かれてしまうのだ。

まさに天敵――そんな男なのに、夢の中にまで出てくるとは。

嫌な夢だった、と、長く息をつく。そして何気なく時計に目をやり、和哉は慌ててバスルームへ足を向けた。

「もうこんな時間か」

今日は、店の休みを利用して、近くの馴染みの骨董屋『吉《きち》』に行くつもりだった。朝一番に行って、昨日の夜、まだ売れていないことを確認したアンティークのグラスを買う予定だ。

初めて見かけてから約二ヶ月。

有名工房の限定もののワイングラスは、ペアのせいか少々高めで、すぐには手が出せなかったが、ようやく資金の目処もついた。誰かの手に渡ってしまう前に、早く買ってしまわなければ。

「取り置きしてくれないんだもんなあ……」

いかにも好々爺《こうこうや》といった風貌の店主を思いながら、和哉はシャワーのコックを捻《ひね》る。

悪夢までもを流してしまうように、少し熱めのシャワーを浴びると、ばたばたと身支度して店へ向かった。広尾《ひろお》のマンションから青山までは、地下鉄ですぐだ。

帰りにはこの手にあのグラスが、と想像すると、自然と笑みが浮かぶ。

だが。

現実は残酷だった。

「嘘……」

あったはずのものがなくなっているショーケースを見つめたまま、和哉は呆然と呟いた。

青山の、大通りから少し入った場所にある、隠れ家のような小さな骨董店。昨日、ここを訪れたときまでは、「あれ」はあったはずなのに。

滑《なめ》らかなラインと薄さが見事なアンティークのワイングラス。イタリアものらしい秀麗なデザインの上、専用の木箱までついていて、しかも、銘《めい》はなんと店と同じ【ピアチェーレ】。

これはもう、運命の出会いだと思っていたのに。

(こんなことなら、シャワーなんか浴びずにすぐに来ればよかった……)

はーっと大きく溜息をつく。

「おう——べっぴんさん」

すると、レジ奥のドアが開き、小柄な老人が姿を見せた。

この店の大旦那で、名前は屋号と同じ『吉《きち》』。齢《よわい》は確か今年で八十だが、その筋では有名で、
和洋の焼き物やクリスタルにはめっぽう強い。

どんなルートを持っているのか、限定ものや一点ものをぽんと店に出すことがあり、日本中か

ら客が訪ねてくるし、今テレビで活躍中の骨董屋の某も、一時は彼の元で修行していたという噂だ。

和哉のことも気に入ってくれているのか、孫のように親しくしてくれているのだが、今日はにっこりと微笑み返す元気もなかった。

「……………こんにちは」

「ん？　なんだ、えらく暗いな。店が潰れそうにでもなったか」

「何言ってるんですか。順調ですよ、おかげさまで」

からかう口調に、和哉もつい気安い、拗《す》ねたような口調になる。

「暗いのは、欲しかったものがなくなってるからです。ショーケースの中のグラス、売っちゃったんですか？　僕が欲しがってたの知ってたくせに」

「そりゃ仕方ねえ、こっちも商売だし、お前のほうが早けりゃお前に売ったんだ。うちは取り置きなしの一期一会！　例外なしだ。欲しいもんがあったら、なり振りかまわずこにゃ。そんなにめかしこんどるから遅れたんじゃねえか？」

「別に普通の格好です」

シャツを引っ張られながら言われ、和哉は慌てて反論した。

確かにいつものギャルソン服とは違うが、淡い珊瑚《さんご》色のシャツにスラックスというでたちは、特別にめかし込んだわけでもない。

「それより、買ったのってどんな人だったんですか？」

「なんでまた。聞いてどうする、そんなもん」

「もしかしたら、またどこかに出るかもと思って……」

「ああ、なるほどな。じゃが、それはないわ。儂《わし》が見た限り、可愛がってくれそうな客だ。外国の人のようじゃったがな」

「外国人？」

「おう。大きくて、鼻なんかうんと高くての。でも、はっきりはわからんな。ほれ、なんとかいう色のついた眼鏡をかけとったし」

「サングラスですか？　つまり顔なんか殆《ほとん》ど覚えてないってことじゃないですか。それでよく『可愛がってくれそうな客』なんて言えますね」

当てこすったつもりだが、吉はクックと笑うばかりだ。

「儂くらいの年になると、気配やら雰囲気やらでわかるもんだ。同業者か否か、大切に扱うてくれるか否かぐらいはな」

随分褒《ほ》めるなと思いつつ、仕方なく和哉は店を出た。ドアを閉めると、再び落胆の溜息が零れる。

まるで、今朝の悪夢がまだ続いているようだ。八つ当たりとはわかっていても、シルヴィオへ向けて悪態をつきたくなる。

ずっと楽しみにしていたあのグラス。今日はすっかり買って帰る気になっていたのに。

「ワインもわざわざ揃《そろ》えたのにな」

あのグラスに注ぐことをイメージして、わざわざ取り寄せたワインが何本もある。

【ピアチェーレ】――「はじめまして」の意味にちなんで、今まで店で出したことのなかったワインを用意する試みも検討していたのに。

またがくりと肩が落ちる。眉を寄せると、和哉は携帯を取り出した。

本当なら、グラスを買ったら、すぐに帰って、まずは自分が眺めて楽しむつもりだった。

だが、事情は変わった。お茶でも飲んで、愚痴の一つも言いたいと、相澤に電話をかける。

社長である彼の忙しさはよく知っているが、ちょっとした誘いなら乗ってきてくれる男だ。

最近は、特別な相手でもできたのか断られることも少し増えたが、用事のないときでもお互い食事に誘い合ったりしている。

「ああ、邦彦？」

しかし、それから二分も経たないうちに、和哉の顔はますます曇ることになった。

「……わかった。うん、じゃあ、また」

通話の終わった携帯をぶちりと切ると、ぎゅっと目を瞑《つむ》った。

「はあ……」

深い溜息が零れる。

仕事だかデートだかは知らないが、どうしてよりによって今日、「都合が悪い」のか。

こう不運が続けば、胸の中のもやもやが鎮《しず》まらない。少しくらいの無茶をしても、フラストレーションを解消したくなってしまう。

「どうしようか……」

半ばやけな気持ちで、渋谷《しぶや》方面へ向けてずんずんと足を進める。しかし、大きめの交差点に差しかかろうかというとき、突然、横から女性がぶつかってきた。

「わっ！」

突き飛ばされる勢いでぶつかられ、和哉は声を上げた。だが、大学生くらいの女性は、携帯電話で話し続けているままだ。一応は謝るようにひょこんと頭を下げるが、電話はやめず、きょろきょろと辺りを見回している。

（今日は最悪だ……）

あの夢は、この最悪の日の予兆だったのかもと暗く考えていると、「きゃあ！」と、さっきの女性が声を上げた。ついそちらを見れば、待ち合わせていた相手と会えたようだ。

そして今度は、二人できゃあきゃあと一ヶ所を見つめて騒いでいる。

「凄い……ほんと滅茶苦茶格好いい……！」

「ね？　だから早くおいでって言ったじゃん！」

弾む声を上げては跳《は》ねるように身を揺らす。

どうやら、二人はこの付近のオープンカフェを遠巻きに見つめているようだ。さらに周りを見回すと、そういう人たちが他にも何人もいる。

（ロケでもやってるのかな）

なんの気なく、つられるようにしてそちらへ足を向け、和哉は絶句した。

「え……」

カフェの、小さめのテーブル。そこには、見覚えのある『吉』の文字の入った紙袋があったのだ。しかも、よくよく見れば、丁度あのワイングラスの箱が入りそうな大きさだ。

（もしかして）

胸騒ぎがした。

和哉は引き寄せられるように歩を進める。

人垣の向こう、今まさにカフェをあとにしようと立ち上がり、その紙袋を手にしたスーツ姿の男は――。

「シルヴィオ……！」

その瞬間、和哉は半ば無意識に名前を呼んでいた。

まだ夢を見てるんだろうか……？

視線が外せずにいると、気づいたシルヴィオも嬉しそうな驚いた顔を見せる。

そして、「やあ」というように手を挙げると、袋を持ったまま、大股で近づいてくる。

周囲の女性たちが、慌てて飛びのくなか、和哉だけが驚愕のあまり動けずにいると、シルヴィオは相変わらずの夢のような美貌で夢の中よりも愉快そうににっこりと笑った。

「久しぶりだね」

「え、ええ……お久しぶり、です……」

「偶然だな。きみも買い物で？」

「そうですけど……あの、それ──」

「ん？　どれ？」

「それです。今あなたが手に持ってる……。ちょっ、ちょっと見せてもらっていいですか」

「いいけど？」

差し出された紙袋を覗けば、そこにあったのはやはりあの箱だ。

（と、いうことは）

もしかして、またこの男が？

またかち合って、また攫われてしまったのだろうか？

確かめたいと、袋の中に手を伸ばす。だが、その手は直前でひょいと掴まれた。

「あっ！」

「なんとなく、きみが何をしたいのかわかったよ。まったく、つくづくわたしたちは縁がある」

「縁、って……」

「中を見たいんだろう？　これの。でも、こんな場所では無理だ。往来だよ？　邪魔になるし、危ない」

言いながら、シルヴィオは苦笑する。

性急すぎた自分に気づかされ、和哉は真っ赤になる。掴まれたままだった手を引き、所在なく惑っていると、シルヴィオは苦笑を微苦笑に変え、「だから」と声を継いだ。

「車ではどうかな」

「車？」

「今から迎えが来るんだ。その車中なら誰の邪魔にもならないし危なくもない」

窺うように見つめられ、和哉は短く息を飲んだ。

魅力的な誘いだが、シルヴィオは以前、ふざけてキスをしかけてきたような男だ。この誘いにも、何か裏があるのかもしれない。

答えあぐんでいると、ふっと密かな笑い声がした。

「そうやってると、そっくりだね」

「そっくり？　何にですか？」

「いや……ベッドの上で困ってる処女みたいだと思ってね」

「なっ――」

よりによってそんな者に喩《たと》えるとは、相変わらず頭にくる男だ。

だがきつく睨みつけても、シルヴィオは余裕のある笑みを湛えたままだ。

グラスを見たい気持ちよりも、憤りのほうが大きくなる。

かといって、ここで諦めてしまえば、まるで彼の軽口に負けたような気がする。

進むことも引くこともできずにいると、いつしか二人の傍《かたわ》らに大きな車が静かに停まる。

黒塗りのマイバッハだ。

高級感も重厚感も規格外で、通りすがりの人たちからも驚きの声が上がっている。

「まさか……」

怒りも忘れて呟くと、そんな和哉の耳に、「どうぞ」とシルヴィオの声が届いた。

いつの間にか降りてきた白手袋の運転手が、後部ドアをうやうやしく開ける。

「で、でも、何か予定があるんじゃないんですか？」

それでもまだ惑っていると、「やれやれ」と言いたげな表情のシルヴィオに背を押され、強引に車の中に連れ込まれた。

後から乗ってきたシルヴィオに出口を塞がれ、ドアも閉められ車をスタートされれば、もう何もできなくなる。

動き出した車の中、和哉は、シルヴィオを睨みつけた。

「随分と強引なんですね」

「プライドが高いのは嫌いじゃない。むしろ大好きだ。でも、肝心なときにはそれを捨てるのも大事じゃないのか。これ、見たいんだろう？　さっきから目がきらきらしてる」

「それは……」

「それに、この後の予定にしても、グラスを眺めるくらいの余裕はある。そうだな…二十分か三十分ほどこの辺りを流そう。前の席にいる二人のことは気にしなくていい。運転手と、わたしの秘書だ。いないものと思って、気楽にしてくれ」

「気楽に、って言われても……」

「それともまさか、深窓のご令嬢よろしく、男であるわたしと二人きりは不安なのかな」

「そんなわけあるか！」

思わず率直に言い返すと、シルヴィオはびっくりしたように目を丸くする。

次いで、大きく破顔した。

「だったら、ぜひどうぞ」

そう勧められれば、全てに先手を打たれているようで、悔しさが募《つの》る。

だがこうなってしまえば、意地を張り続けるほうが子どもっぽいだろう。

気持ちを切り替えると、和哉は「わかりました」と背筋を伸ばした。

「折角のご厚意ですし、見せていただきます」

「どうぞ」

柔らかな声と共に、改めて紙袋が差し出される。

欲しくて堪らなかったものを間近にすると、高揚感が抑えられない。

箱を開けると、途端に溜息が零れた。

「うわ……」

そのまましばらく見とれていると、

「手に取って見たらいい」

と、傍らから声が届く。そして、シルヴィオも隣から手を伸ばしてきたかと思うと、並んだグラスの一つを手に取った。

男らしい手と繊細なグラスの対比に目を奪われる。

和哉も、そっと一つを手に取った。

心地好い重みと、表面を彩《いろど》る細かな金銀の模様。やはり綺麗だ。

うっとり見入っていると、シルヴィオは苦笑を見せた。

「よほど気に入ってるんだね」

「ええ、それはもう。無理とわかっていても、『吉』の大旦那に取り置きをお願いしたくらいです」

「そうなんだ？」

「このグラスで飲みたいワインも取り寄せて……。なのに……」

ついじっと恨めしそうに見つめると、丁寧にグラスを戻しながらシルヴィオが苦笑する。

その表情に、和哉は慌てて「すいません」と謝った。

シルヴィオが悪いわけじゃない。こうしてわざわざ見せてくれている彼にあんな顔をさせるなんて。それに、今の扱いを見れば、彼がこれを本当に大切にしていることがわかる。

『可愛がってくれそうな』――吉が言っていたとおりに。

そうしていると、傍らで脚を組み替えた気配があった。意味深な視線が向けられ、優しい瞳のシルヴィオが、顔を覗き込んでくる。

「謝ることはないよ。結果として、横から攫ったような形になってしまったからね」

「そんなことありません。すいません、そんな風に思わせてしまって……」

重ねて謝ると、シルヴィオはふっと口元を和ませた。

「じゃあ、どうかな。一つ提案なんだけど」

「提案？」

「そう。ここで会ったのも何かの縁だ。もしきみがわたしの条件に応えてくれれば、これを譲ることを考えてもいい」

「え!?」

思わぬ申し出に、和哉は身を乗り出した。

見つめてくるシルヴィオの表情は、優しそうだが、どこか愉快そうにも見える。

厚意からの話なのか、それともまたからかわれているのか。

ごくりと息を飲むと、強張《こわば》っている頬を溶かすようにそっと撫でられた。

「なっ！」

「やっぱり綺麗だね。陶器みたいだ」

「あ、あのですね……！」

「冗談だよ、でも、きみは怒った顔も美しいな。しばらく見ないうちに、一層魅力的になった気がするよ」

「からかわないで下さい」

低い声が唇から漏れる。グラスのことは気になるが、これをダシにして弄《もてあそ》ばれるのはごめんだ。

「そんなくだらないことなら、ここで降ります。降ろして下さい。そうじゃないなら、条件というのはなんですか」

固い声で問うと、シルヴィオはますます楽しそうに目を細める。やがて、そっと口を開いた。

「なに、簡単なことだよ。食事に付き合ってもらおう」

「食事……？」

「そう。きみとは一度ゆっくり話がしたくてね」

婉然《えんぜん》と微笑むシルヴィオは、形容できないほどの色香を振り撒《ま》いている。空気の密度が増す気がして、和哉はごくりと息を飲んだ。

（食事……）

胸の中で繰り返すと、秀麗な貌に――その眉間に深く皺が寄る。

ややあって、和哉はきっと顔を上げた。

「そうした条件なら、お断りします」

こちらを試すような表情のシルヴィオを真っ直ぐ見つめ返して言うと、二つの色の双眸に困惑の気配が混じる。

「断る……？　グラスはそれほど欲しくないということかな」

「グラスは、今でも欲しいと思っています。だから断るんです」

「どういう意味だい」

「『これが欲しければ食事に付き合え』――なんて言う人に、二つ返事で頷くほど気安い気持ちで欲しがってるわけじゃないってことです。それに、そんな方法で手に入れたものを店に置きたくない」

確かに、これはずっと欲しかったものだ。

だが、施しを受けるようにして得たいわけじゃない。

憤りを抑えながら和哉が言うと、ふーっと長い溜息の後、シルヴィオは苦笑いを見せた。いつもの彼に比べれば、ひどく人間味のある表情だ。

やがて、どこか嬉しそうに「わかった」と声がした。

車内の空気がふわりと和んだ直後。

「畏《おそ》れ入りますが――」

それまで黙っていた助手席の男が、不意に口を開いた。大きな声ではないが、しっかりと耳に届く声だ。はっと顔を向ければ、肩越しに振り向いた男が小さく会釈《えしゃく》をする。

シルヴィオに比べれば遙《はる》かに地味な、落ちついた容貌の男だが、一見穏やかな目つきの底にはどこか剣呑《けんのん》な光も見てとれる。

(社長の懐刀《ふところがたな》、って感じだな)

和哉は居ずまいを正して会釈し返すと、「降ります」ときっぱり告げる。

別れる直前、垣間《かいま》見たシルヴィオの微笑は、なぜか今までに見たどれとも違う優しいもので、それは、車を降りてからも和哉の胸の中に残り続けた。

◆

「お話し中のところを、失礼いたしました」

殆ど無音の車中、助手席から届いた声に、シルヴィオは「まったくだ」と苦笑気味に答えた。そのまま助手席のシートを見つめると、そこにいる男へ向けて声を上げる。

「ああいうときは、もう少しタイミングを考えて声をかけるものだろう。気の利かない奴だな」

リクライニングを調整しながら言い、わざとのように大きく溜息をつくと、「次があればそういたします」と穏やかな声がした。

元は父の忠実な部下であった運転手と、乳兄弟にもなる秘書・レオーネは、シルヴィオにとって腹心中の腹心といえる部下だ。三人は、都内から車で一時間ほどの、とある倉庫街へと向かっていた。

その一角には、シルヴィオの会社が所有する倉庫もあり、そこでこれから、一つの取引が行われるのだ。

完全防弾の窓から外を眺めながら、シルヴィオは傍らに置いた箱を撫でる。

初めての日本――東京。

少し時間のできた今日は、仕事で気になることもあって青山辺りを巡ってみたのだが、ふと入った店でこんな逸品を見つけられるとは思っていなかった。それだけでも幸運なのに、それがまさか、あの青年と再び出会うきっかけになるとは。

脳裏を、和哉の様々な表情が過ぎった。

煌《きら》めく瞳でグラスを見つめるくせに、餌を出してみても、簡単に手を出さないところが素晴らしく魅力的だ。

ああいう態度を見せられれば、ますます気になってくる。

もう少し時間があれば、また違うアプローチもできたかもしれないのに。

そう思うと、無粋な口を挟んだレオーネに、つい愚痴が零れる。

「忠実さには感心するが、お前は、用事があるとなればわたしがベッドの中にいてもずかずか部屋に入ってきそうだな」

「ご心配なく、もしそんなことになれば、ノックはする予定です。シルヴィオさまはともかく、お相手の方に恨まれるのはまっぴらですので」

「さっき恨まれたかもしれないぞ？　それから、観察するような目で見るな。お前がわたしのそばの者を気にするのはわかるが、逆に不審がられるだろう」

「後者につきましては承知いたしました。ですが……加々見さまの声のご様子では、恨まれることはまずないかと。ともあれ、今回は少々時間が迫っておりましたので……お許しを」

「時間？　なんだ、相手はもう逃げ腰か？」

おや、と眉を跳ね上げると、レオーネは頷く。シルヴィオは喉の奥で嗤《わら》った。

表向きはリゾートホテルや客船を運営するオーナーであるシルヴィオの裏の顔は、イタリアをはじめ欧米では指折りのマフィアの跡継ぎ。しかもマルコーニといえば、シチリアを発祥とする生粋《きっすい》も生粋のファミリーである上、母方は貴族の血を引いており、豊富な金脈と華麗な人脈を両輪に、イタリア政界や財界を裏から操っているとも言われている大組織だ。

様々なギャンブルの胴元《どうもと》として、また、裏マーケットの美術品取引によって得た膨大な資金を運用し、流通やメディアといった多くの他業種をも次々と傘下におさめ、イタリアから欧州全土へ、そしてアメリカやアジアにまで勢力を広げつつある。

今回、日本へやって来た理由も、一つはこの仕事のためだ。

イタリア料理やイタリアファッションを持ち出すまでもなく、親交の深い日本。ここで、客船というツールを通じて富豪層に食い込み、さらに人脈を広げることによって、勢力を拡大させようと考えていたのだった。

そしてもう一つの目的は、一年ほど前、不埒《ふらち》者によって持ち出された、先祖代々の宝を取り戻すことだ。

今向かっているところも、まさにその取引の場所だった。

情報を集めていたところ、一週間ほど前に、宝の一つである絵画を持っているらしい男の情報を得られたのだ。

そこで、わけを話してこちらへ売ってほしいと話をしたところ、相手がマフィアだと知った男はたちまちOKしたようだ。

身の安全だけは保証してくれと、それだけを条件に今日の取引に応じてきたのだった。

「盗品に手を出すわりには気の小さい奴だな」

「自分が買った絵が、マフィアの跡目絡みの揉《も》め事に関わっていると知れば、善良な日本の好事家は怯えて逃げますよ」

「ま、いい。少し考えたいことがある。着いたら呼んでくれ」

「畏《かしこ》まりました」

声と共に、前後を仕切るカーテンがゆっくりと閉まる。個室に変わる後部座席で、シルヴィオは大きく息をつく。シートに深く身を沈めると、そっと瞼《まぶた》を閉じた。

(これで、残りはあと一つ、か)

香港で取り戻した懐中時計に、今回の絵。そして最後の一つの宝石が、シルヴィオの脳裏を過ぎる。それから、今回の事件の犯人だろうと思われている、十歳年上の叔父・アルドの顔が。

(まったく、どうしてあの人は……)

苦い溜息が零れる。

歳が近く、またファミリーでは唯一の男の親族だったこともあり、幼い頃は、兄のように慕《した》ったこともある。

しかし彼は、「年下でありながら正当な後継者」であるシルヴィオが歳をとるごとに、嫉妬深くなっていった。しかもその一方では猜疑《さいぎ》心も強くなり、煽《おだ》てに乗りやすい上に誘惑に弱く……と、いつの間にかどうしようもない男になってしまった。

彼が今回、私欲を満たすために持ち出したと思われている絵や宝石は、全て王族ゆかりのものだ。

義賊《ぎぞく》として内紛を未然に防ぐ活躍をした功績にと、下賜《かし》されたものたち。

世界中に散ったそれら三つを取り戻すことは、ファミリーの威信をかけたものでもあった。

「なるべくなら、身内を裁きたくはないんだがな……」

やむをえないとはいえ、血の繋がった叔父を追いつめなければならないのは嫌なものだ。

つい零すと、「ピッ」と小さな電子音がした。

「着いたか」

助手席に繋がるマイクへ向けて尋ねれば、「はい」と声が返る。

窓の外を見れば、車は埠頭の一角に停まっていた。再びカーテンが開き、仕切りのなくなった車内、助手席のレオーネが静かに振り返る。

「こちらでお待ちになりますか」

「いや、行こう。直接話も聞きたい」

そう言うと、レオーネは即座に無線で方々に指示を出す。

(よくできた男だ)

シルヴィオは、改めて思った。

ひっそりとした、影のような男だが、彼のおかげで危険を回避できたことは何度もある。彼のような部下を得られた自分は幸せだと感じているし、だからこそ今回の仕事は必ず成功させなければと思っていた。

ファミリーにとって、最も重んじるべき名誉。それを護《まも》るためにも。

「参りましょうか」

そして取引場所へ向かうと、小さな倉庫の中に、一人の男が立っていた。

周りを黒服の男たちに囲まれ震えているさまは、随分と哀れだ。少し田舎のほうの資産家だと聞いたが、なるほど全く場慣れしていない。これなら、素直に取引に応じたのも尤もだと思えた。

シルヴィオが見やっていると、男は大きめのトランクと引き替えに絵を差し出す。彼が買ったときの金額に少し色をつけて払っているから、悪い取引ではないはずだ。それでも震えているのは、とんでもない相手と関わってしまったと知ったからだろう。

シルヴィオは、しばらく傍観者《ぼうかんしゃ》の顔でじっと見つめていたが、やがて大きく一歩踏み出した。

途端、黒服の人垣がざっと割れる。

目の前の男が表情を変えていく様子を眺めながら、シルヴィオは尋ねた。

「これを売った男について、思い出したことはありませんか？」

「い、いえ…。全部、もう、は、話しました。隠したり、し、してません。絶対」

「何も？」

「はいっ。た、ただ……」

「ただ？」

「その、値切ると、わりとまけてくれたというか。私が会ったのは仲介の男でしたけど、ど、どうも、かなり売り急いでたみたいで」

「ほう」

「そ、それだけです。はい」

「わかりました。ああ、改めて言うまでもありませんが、この件については他言無用で。その約束を守る限りは、身の安全を保証しますよ」

「は、はい…はひ…い」

物凄い勢いで頷く男から視線を離すと、シルヴィオは踵《きびす》を返し、レオーネを間近に呼んだ。

「仲介で利鞘《りさや》を上げてる奴らを調べろ」

「はい」

「急いで売りたがっているなら、どこかに必ず接触してるはずだ。それから、中国系ロシア系——考えられるところ全てにもそれとなく伝えておけ。面白半分で手を出せば、その瞬間からマルコーニの敵だとな」

「はっ」

早速携帯を取り出すレオーネを見つめながら、シルヴィオは、これほどとは、と唇を噛む。

時計も絵も、特徴があるがために足がつきやすい。そのために売り方に困っていたのだろうが、値切りに応じて叩き売るなど、酷いとしか言いようがない。あの叔父は、物の価値も名誉の重みも何もわかっていない。

これほど酷いと判明した以上、最後の一つであるダイヤも、早急に取り戻さなければならないだろう。

「シレーナの泪《なみだ》」と名づけられた、あのブルーダイヤの価値は、さすがに知っていると思いたいが、最悪、小さく形を変えて売られてしまうかもしれない。

そんなことになる前に、なんとかして取り戻さなければ。

決意も新たに、シルヴィオは車に乗り込み帰途につく。

しかし、今日はこれだけでは終わらなかった。


「お帰りなさいませ、シルヴィオさま」

「ああ。ん？　どうしたんだ？」

表裏の仕事上、シルヴィオは都内だけでも数ヶ所に住まいを確保している。今夜はその一つ、六本木《ろっぽんぎ》にあるホテルへ戻ったのだが、迎えに出てきた警護の責任者はほとほと困った顔だ。

何か問題でもあったのかと尋ねると、彼が答えるより早く、貸し切っているはずのフロアの一角から一人の小柄な男が顔を覗かせた。

「おお！　お戻りですか、シルヴィオさま」

「ダンターニ……」

媚《こ》びたその顔を見た途端、シルヴィオは眉を寄せた。と同時に、警備責任者の顔に納得がいった。訪ねてきたこの男を追い返せなかったために、ああいう困った顔だったのだ。

「お疲れでございましょう。お会いするのは半年ぶりぐらいですかな。いやいや、ますますご立派になられて」

握手をしようと伸ばされた手を見なかったことにしてやり過ごし、シルヴィオはひっそりと溜息をついた。

今目の前でにやにや笑っているこの男、ダンターニは、確かアルドと同い年になる。

詳しい出自は知らないが、気づけばアルドの側近までのし上がっていた男だ。世辞《せじ》や追従《ついじゅう》が上手く、八方美人で、それゆえか金集めが上手く、ある意味アルドがここまで落ちた原因を作った男でもあった。

そのため、ファミリーの一部幹部からは非常に嫌われているが、一応は未だ跡継ぎ候補であるアルドと親しいため、門前払いにし難い相手でもあった。

しかし、なぜまた急にここへ？

シルヴィオは微かに目を眇《すが》めた。

報告によれば、ダンターニは殆どの行動をアルドと共にしている上、シルヴィオがなぜ日本に来ているかも承知しているはずだ。

にも拘わらず、どうして彼にとっては敵地にもなるここへ、わざわざやって来たのか。

警戒しつつ、しかし表向きは仕方なくにこやかに応じ、ソファを勧め酒を出すと、ダンターニはまるで以前からの親しい部下のように擦り寄り始めた。

「いやあ……しかし、シルヴィオさまの手腕の素晴らしさには、まったく頭が下がりますな」

「いえ、それほどでもありませんよ。まだまだ学ぶことのほうが多いですから」

「ご謙遜を。シルヴィオさまのような跡継ぎがいればファミリーも安泰《あんたい》でしょう。アルドさまもそうおっしゃっていますよ」

「……しばらく会っていませんが、元気ですか」

「ええ、それはもう」

そして、ダンターニは何を思ったのかニッと歯を見せて笑うと「ところで」と言葉を継いだ。

「シルヴィオさまは、日本の女性は、もう？」

「どういう意味ですか？」

「つまりは、どういった女性がお好みかと。ご希望とあれば男でも用意しますが……日本人は肌が綺麗だそうですよ？」

にんまりと笑われ、シルヴィオは自分の笑みが引きつるのがわかった。

「そういうことか」と気づくと、怒りが湧いてくる。

要するにこの男は、色を用いてこちらに近づきたいらしい。寄生先をアルドからこちらへ変えようとしているのか、それとも、こちらの弱みを握ろうとしているのか知らないが、だ。

「いえ、そうした気遣いは不要です」

それを察し、シルヴィオは遠回しだがきっぱりと断る。しかし、ダンターニは「またまた」としつこく勧めてくるばかりだ。

「それとも、もうどなたか気にかけている方でもいらっしゃいますか？　既におめがねに適《かな》った特別な方が……」

アキレス腱《けん》を見つけようとする視線と口調。

堪りかね、微かに睨むと、ダンターニは「うっ」と押し黙る。

すかさず、シルヴィオは言った。

「どんな女性を勧められても、わたしは滞在に期限のある身。相手が可哀想ですよ」

「そ、それはまあ。いや、でも――」

「お気持ちだけいただいておきましょう。それが用件でしたら、どうぞそろそろお引き取りを。あまり遅くなると帰り道が危険ですよ」

畳みかけると、さすがにシルヴィオの真意を悟ったのかダンターニはそそくさと腰を上げる。

姿も気配も完全に消えたことを確認すると、シルヴィオは大きく溜息をついた。

今日の疲れが一気に回ってきた気分だ。

彼にしては手荒く髪をかき上げると、傍らに控えていたレオーネが苦笑した。

「次からは、あの男は通すことのないように徹底させましょう」

「そうしてくれ。それにしても、舐《な》められたものだな。わたしは色じかけで懐柔《かいじゅう》できると思われてるわけか」

「おそらく、あちらこちらで女性を同伴しているからでしょうね。ただでさえ目立つのですから、少々考えられたほうがよろしいかと存じます」

「女性に恥をかかせるわけにもいかないだろう。わたしから誘った覚えはない。それをあの男は……。だいたい、あてがわれた相手になんか興味はないんだがな」

「存じております。ですが…あの男、わざわざ女性の話をするためだけに来たとも思えませんが」

「ああ。しかも、なんのタイミングか、絵を取り返した今日、来るとはな。絵は船のほうに保管しているし、こっちの動きが漏れているとは考えにくいが…相変わらず鼻の利く」

「締め上げますか？」

「ん？」

「一度、あの男をきつく締め上げれば、アルドさまについても何か新しい証拠が出てくるのではと思っているのですが」

「そう簡単にいくかな」

「無理でしょうか」

「金が欲しいアルドが、ダンターニにそそのかされてファミリーの宝に手を出した……。そこまでは間違いないだろう。だがあくまで推測だ。盗んだところを見ていた者がいるわけではないし、売買のときも何重にも人を介してる。直接顔を見せてはいない。違うか」

「今のところの情報では……そうです」

「となれば、締め上げたところで口を割るとは思えないな。ただ引き続き、内偵は進めさせておけ。ダイヤがアルドの元から見つかれば、それが何よりの証拠だ」

「畏まりました。それから……シルヴィオさま」

「ん」

「差し出がましいようですが、今日、ダンターニが来たことを考えれば、あのレストランのオーナーについても気をつけられたほうがよろしいかと。本当に気に入っていらっしゃるのであれば、彼に危険が及びかねない接近は避けるべきです」

「そうだな。でも、今日のように切り返されれば、一層追いかけたくなるものだ。聞いていただろう？　お前も」

「シルヴィオさまからの誘いを、ああもすげなくされる方を見たのは初めてでしたよ。なるほど、筋は通す方のようですね」

「凛《りん》として実に綺麗だよ。欲しいから断る――か。見た目もさることながら、プライドが高くて手応えがあって……。惹《ひ》かれるな」

「ほどほどになさいませ」

溜息混じりの声を聞きつつも、シルヴィオは次に和哉に会うための方法を考え始めていた。

女性の愛らしさや艶やかさも嫌いではないが、今は彼のように気が強い相手のほうが好ましく感じられる。一見は淡泊そうなのに、ふとしたときに情熱的な一面を覗かせるところもいい。

物に対する好みが似ていることも、惹かれる理由だ。

再び和哉に会うときを想像しながら、シルヴィオはゆっくり息をつく。

ダンターニに気づかれないようにしなければと思いつつも、綺麗な彼の貌を思い浮かべれば、嫌なことも全て忘れられる気がした。

◆

「ありがとうございました」

美味《おい》しかったね、と笑顔で店を出て行くカップルを見送ると、和哉は再びフロアへと戻る。

【ピアチェーレ】は、開店して三年目。青山のファッションビル内のお洒落《しゃれ》なイタリア料理店として、そろそろ定着した頃だろう。

席数こそ、三十弱という小規模だが、各テーブルごとがさりげなく区切られたゆったりとしたレイアウトは、ちょっとした個室レストランを思わせる贅沢《ぜいたく》な造りだ。

正面奥には、このファッションビルの名物でもある空中庭園へと続く大きな窓が広がり、室内とは思えない解放感を与えてくれる。

総御影石《みかげいし》の磨かれた床は、深みのある緑と藍《あい》の二色が、落ちつきと共に品のよさを演出し、麻を思わせる柔らかな白の壁は、清潔感と優雅さを漂わせつつ、随所に飾られた花や絵を静かに引き立てている。

そして、ともすればただ軽いだけになりかねない店を引き締めているのは、間を広くとって点在する、テーブルや椅子たちだった。

イタリアの有名家具ブランドであるカッシーナのセットを中心に、デザインは少しずつ違えど、全て、焦茶《こげちゃ》や黒檀《こくたん》といった、深く濃い色味のものに統一している。

そのためか、店全体は初めてでも足を踏み入れやすい優しい雰囲気でありながら、いざテーブルに着いてみればどこか隠れ家めいた大人っぽさも漂っている。

しかも、そんな各テーブルを飾るカトラリーやグラス、テーブルクロスは、和哉が一つ一つ集めたアンティークものやブランドの一点もので、画一的ではない特別感がある。

訪れた客の全てが「特別の時間を過ごせた」と思える店。

和哉が目指したのはそんな店で、そして今、それは、和哉や他スタッフの努力で、少しずつだが実現へと前進していた。

「いらっしゃいませ。お二人さまですね」

近くの商社のOLや、青山に事務所を置く多くのデザイナーやアパレル業界人といった常連と、ショッピングに訪れた一見《いちげん》客がほどよく混じり、ランチタイムの店は今日も盛況だ。

メインの堺ほか二人のシェフは、厨房でフル回転。和哉もまた、社員である二人のギャルソンと共に、いつにも増して忙しく、だがにこやかに接客をこなしていた。

一応はオーナーという身分の和哉だが、元から自分が働きたいと思って開いた店だ。そのため、店の奥に引っ込むようなことはせず、よほどの用事がない限りは、常にフロアに出ている。

お客と直接触れ合い、反応を肌で知れる機会。和哉はそれをとても大切に思っていたし、接客の際にお客がぽつりと零した一言は必ず後で書き留め、店に活《い》かすようにしていた。

去年の夏から始めた、冷たい料理ばかりのコースも、その前年の夏、メニューを見ながら「食べても汗かかないものって何かなあ」と呟いた女性客の一言にアイディアを得たものだ。

結果は思っていた以上に好評で、今年も堺と相談しつつ実施を検討していた。

「いらっしゃいませ」

また一組、今度は男性客のグループをテーブルへ案内すると、和哉は頃合いを見てカウンターへ向かう。

丁度厨房から出された皿を受け取ると、その足で再びフロアへ。

「――お待たせいたしました、こちらが本日のカルパッチョ。こちらが本日のサラダになります」

初めて見る顔の女性客二人に、それぞれの前菜をサーブする。

一見の客は、その反応が気になることもあり、可能な限り和哉が接客するようにしているのだ。

すると料理を目にした途端、どちらの女性もぱっと顔を輝かせた。

「美味しそう～！　このサラダ、ドレッシングはなしなんですか？」

「はい。どうぞそのままお召し上がり下さい」

「あの、さっき一緒に注文したリゾットは、二人で分けられますか？」

「大丈夫ですよ。では取り皿とスプーンをお持ちします」

「お願いしまーす」

声を揃えて言い、「早く食べよう」とばかりにいそいそとフォークを手にする二人に微笑んでカウンターへと戻ると、和哉は幸せを噛み締めていた。

自分には縁遠かった、「団欒《だんらん》」や「楽しい食事」。その時間。

だが、こうして店にいると、その欠片に触れられる気がするのだ。この店で、誰かの笑顔を見るたびに。

「ご注文はお決まりですか？」

次いで、有閑マダム仲間といった女性客二人の元へ笑顔で注文を取りに行くと、「また来ちゃった」と楽しそうに声をかけられた。それを笑顔で受け止め、「ありがとうございます」と礼を言いながら丁寧に注文を受けると、聞いたオーダーをカウンター越しに厨房に伝える。

「uno rosso uno verde（赤を一つ、緑を一つ）」

赤、緑、そして白は、和哉が名づけたランチコースの呼び名だ。

厨房からは
「si（了解）」

と、いつもの返事が届く。

すると、メインシェフの堺がカウンター越しにひょいと顔を覗かせた。

少し手が空いたのか、今日の注文を改めて確認すると、「ふうん」と独り言のように唸《うな》り、カウンター脇の定位置にいる和哉を見つめてきた。

「赤が二十五に白が五、緑が十一か。今日も肉が多いみたいだな」

「そうだね。多分、最近は男のお客さまが多いせいじゃないかな。もしかして、赤だけなくなりそう？」

「いや、大丈夫だ。ただこういうのが続くようなら、少し仕入れの内容を変えていかないとと思ってな」

和哉と同い歳の、イタリア帰りのメインシェフ堺が、旬とその日の仕入れを考えて作る毎日のランチメニューは、前菜として五種類の料理から一つ、メインとして野菜か魚、または肉料理のどれか一つを選べる、プリフィクス・スタイルの三コースだ。

和哉はこのランチの案を聞いたとき、「それなら」と、イタリア国旗の色にちなみ「野菜(verde《緑》)・魚(bianco《白》)・肉(rosso《赤》)のランチコース」との名前をつけた。

幸い、当初の予想以上の人気で、この三つのコースのために、わざわざ三人のグループで来てはシェアする女性たちもいるほどだ。

しかし、最近は注文の多いコースの傾向が少し変わりつつある。

和哉がそう感じたように、堺もその状況を気にしているのだろう。少し考えるような顔を見せると、小声で和哉に尋ねてくる。

「前は緑がよく出てたよな。これから先、夏になるとまた野菜が人気になりそうだけど……。フロアの雰囲気だと、どう?」

和哉は客に意識を向けつつも、堺に、自身が毎日の仕事で感じた感想を述べた。

「赤は確かに増えてるよ。この二ヶ月くらいは特にそうだね。一時的なものかと思ったら結構続いてるし、これからもそうなんじゃないかな」

「やっぱり、男性客の注文が多いのか？　ちらっと見た感じだと、外国人も多いし、近くの骨董店から流れて来た客か?」

「そうだね。なんとなく商売の話をしてるみたいだし。男女比だと半々くらい？　逆転することはないと思うけど――」

「すいません堺さん、お願いします」

すると、和哉が言い終えるや否やのタイミングで、堺は厨房の奥から呼ばれる。

「ああ、今行く」

きびきびと、また自らの仕事に戻っていく堺の背を、和哉は頼もしく見つめた。

競合店が山のようにある青山で、なんとか三年もやってこられたのは、この堺のおかげも大きいだろう。

五年前、アルバイト先だったレストランにそのまま就職していたものの、やはり自分の店を持ちたい思いが高まり、資金繰りや場所選びに奔走《ほんそう》し、やっとそれらに目処がつきオープンも一年後に控えた頃。テーブルや食器の買いつけで訪れていたイタリアでたまたま会ったのが、当時、現地で修行中の堺だった。

いかにもイタリア料理らしい、元気の出そうな食べ応えのある料理を美味しく作れる一方、手先の器用さを活かし、隅々まで神経を遣った繊細な一皿も作れるところに強く惹かれ、ぜひにと口説いてここで働いてもらうようになったのだった。

(縁に恵まれてるな……)

しみじみと感じていると、ギャルソンの一人で開店時からのスタッフでもある、豊田《とよだ》がやって来た。

「二番のテーブル、そろそろドルチェをお願いします」

はきはきとした声でカウンター越しに厨房に告げると、人懐こい笑顔を和哉に向けてきた。

「今日も赤が人気ですね。僕、今日は五連続で赤のオーダー受けてますよ」

「それ、シェフとも話してた。男の人はやっぱり肉なのかなあ」

「うーん。多分、そうじゃないですか？　僕も、どっちかっていうと魚より肉ですし」

「そっか……」

「でも、昨日来てた外国のお客さまは、二人とも白をベタ褒めでしたよ。魚が凄く風味豊かだったって……本場のものより美味しい！　とか言って」

「そうなんだ？　昨日のランチ？」

「ええ。会計のときにちょっと話したんですけど、東京で食べた魚料理の中で一番いい、って凄く喜んでました」

言いながら思い出したのか、にこにこと笑う豊田に、和哉もつい顔が綻《ほころ》ぶ。

そうした何気ない一言は、何より嬉しいものだ。

「それ、シェフには言った？」

「あ、いえ。言いそびれて……」

「だったら、後からでも伝えておきなよ。喜ぶだろうし」

「そうですね。あ、あとそのお客さんたち、皿とかも気に入ったみたいですよ。そういう商売の人なのかな……いいもの使ってるね、って言ってて。だから、『全部オーナーが集めたんですよ』って、加々見さんのこと自慢しときました」

「何言ってるんだよ」

褒められたことも、豊田にそんな風に慕われていることも気恥ずかしくて、つい声が上擦る。耳も赤くなっている気がして、いたたまれなく思っていると、いいタイミングで厨房から皿が出てきた。

「はい、前菜二つ。ドルチェもすぐ上がる」

お願いします、と応じている豊田の声を聞きながら、和哉は皿を手に再度フロアへ足を踏み出した。

さっきの話がまだ耳に残っているためか、どうもまだ足元が乱れがちだ。

注意しつつ運び終えると、気分を切り替えるように他のテーブルへも視線を巡らせた。

(うーん……)

いつものランチタイムの店内——だが、こうして改めて見れば、やはりこの二、三ヶ月ほどは、客層が少し変わってきたようだ。

今までに比べ、明らかに男の客が増えている。それも、ランチと共に商談をしている客だ。

この場所に店を構えたときから、ちらほらいるにはいたが、半年くらい前から店の周りにぽつぽつと骨董店ができ始めたためだろう。

バイヤーらしき外国人が多くなり、ここで商談や情報交換をする人たちも増えている。

(邦彦が言ってたとおりだな)

和哉は思った。

景気がよくなり、金が余れば土地や株、そして絵画に流れるというのは相澤から聞いたことがある。彼は土地やビル管理のコンサルティングをしているから、そうしたことも敏感に気にするのだろう。

海外からの参入も増えれば、市場に活気が出る反面、中にはあまりたちのよくないものも混じるから、注意が必要になってくるとも言っていた。

(外国人か)

反芻《はんすう》した途端、ふとシルヴィオの顔が頭を過ぎる。

思いがけず再会してから三日。彼はもう、あのグラスを使っただろうか。

(ホント、趣味は凄く似てるんだよな……)

思い出しながら、胸の中で呟く。

からかわれることには大いに不満があるが、趣味の合う男であることは、認めざるをえない。

もしかしたら、一緒にアンティークショップを巡ったりする機会があれば、一人のときよりも楽しいのかもしれないなと思ったりもする。

「ああいう性格じゃなければね……」

ぽつりと呟き、ああいう性格じゃないシルヴィオはどんな男になるだろうと想像し、見当もつかないなと一人で苦笑しながらカウンター脇へ戻る。

いつもの定位置でフロア全体へ目を配っていると、もう一人のギャルソンである野島《のじま》が足早にやって来た。

「すいません、加々見さん」

「なに？」

「その……『加々見オーナーはいますか』って方がいらしてて」

「僕宛て？　予約の確認か何か？」

「いえ。でも、ちょっ、ちょっと来てもらえませんか。僕じゃ、どうしたらいいのかわからなくて」

「？　いいけど……」

豊田ほど長く勤めているわけではないが、野島ももう二年近いスタッフだ。なのになぜそんなに慌てているのかと首を傾げながら後に続く。

しかし、店の入り口手前で足を止め、「あの方です」と小声で伝えてきた野島の向こうにその横顔を見たとき、和哉は納得した。

ぴくん、と頬が引きつる。

そこで待っていたのは、店の前を通る女性たちの視線を一身に集めて佇む、スーツ姿のシルヴィオだった。

髪の色よりも心もち明るめな黒茶の高そうな生地に、青紫のストライプ。

ダブルの、しかもカラードストライプのスーツなんて、今ではファッション誌の中でしか見ないと思っていたが、質のいいものを彼のような端麗な男が着ればこうもエレガントになるのかと驚くほどだ。

（本当に来たんだ）

半分は驚き、そして半分は警戒しつつ様子を窺っていると、野島はさらに声を落として続けた。

「なんか、僕が知らないだけで、有名な俳優さんとかモデルの人かなと思って……。だったら、僕じゃ応対しきれなさそうだったんで」

「ああ――うん。わかった。いいよ、あとは僕がやろう。ありがとう」

「すいません、お願いします」

言い置いてフロアへ戻ってゆく野島の足音を聞きながら、和哉はシルヴィオへ向き直った。

相変わらず、怖くなるぐらいの存在感だ。

ただ立っているだけなのに、彼が次に何をするかが気になって、こっちの神経がぴりぴりする。

和哉は息を整えると、「負けるな！」と自分を鼓舞して一歩踏み出す。

その瞬間、こちらに気づいたシルヴィオと視線が絡んだ。

見つめてくる二色の双眸、向けられる微笑は、「天敵」と思っていても魅力的で胸を揺さぶられる。

「いらっしゃいませ」

それでもなんとか、いつもどおりにそう出迎えると、シルヴィオも「こんにちは」といつものように落ちついた声を返してきた。

周囲のあちこちからうっとりとした溜息が上がったが、シルヴィオは慣れているのか、平然と和哉だけを見つめてくる。

「雰囲気のいい店だ。素敵だね」

「わざわざ、ありがとうございます。どうぞこちらへ」

「ああ。できたら奥の席にお願いできるかな」

「畏まりました」

そして、店内中の視線を感じながら一番奥の席へと案内すると、シルヴィオは窓の外へ視線を移し微かに瞠目した。

「凄いな、街の真ん中なのに、こんなに綺麗な庭があるのか」

「ここのビルは、この空中庭園も有名なんです。夜はライトアップされますし、夏はこの窓を開けることもございますので、また違った雰囲気をお楽しみいただけると思います」

「凝ってるんだな。もしかして、そういうときはこのテーブルのセッティングも全部変えたり？」

「え、ええ……そうですけど」

どうして、と目を瞬くと、シルヴィオは、やっぱり、というように目元を和ませた。

「きみの趣味や感性ならそうだろうと思ってね。うん――いい店だ。オーナーの美学が伝わってくる店は、来る側も張り合いがあるよ」

「あ……ありがとうございます」

過分とも思える褒め言葉に、和哉は戸惑いの声を上げた。

今までのからかうような態度と違い、あまりに率直に褒められれば驚くばかりで、気の利いた返事もできなくなってしまう。

むしろ、また何か裏があるのではとつい疑ってしまうが、見る限り、今のシルヴィオにふざけた気配はない。

(本気で言ってくれてるってことかな)

そう思うと嬉しいのに、今までの彼と違いすぎるから惑ってしまう。

いつも余裕たっぷりで人を子どものように見て、オークションでは天敵で、恋人でもないのにいきなりキスをしてくるような男――。

そんな奴のくせに、急にこちらを認めるようなことを言うから、どう反応すればいいのか困惑してしまう。

和哉は自分の気持ちを持て余し、困ったままぎこちなくメニューを渡す。

注文を聞くと、逃げるようにしてそれではと踵を返しかけたが、その背に声がかかった。

「なんでしょうか?」

振り向けば、宝石箱の中にあってもなんらおかしくないほど綺麗な双眸が、じっと和哉を見つめてきている。

視線も、そして表情も、今までになく真摯《しんし》だ。

一体どうしたのかと気にかかり、和哉は窺うように見つめ返す。すると、目の前の形のいい唇が、そっと開いた。

「この間は、すまなかった」

「え……」

突然の謝罪に、和哉は惑った声を上げた。

全く想像していなかった言葉だ。

まさか彼が、自分に対して謝罪の言葉を口にするとは思っていなかった。

(なんで急に……)

今までとの落差に、頭も気持ちも追いつかない。

彼はこんな男だっただろうか?

狼狽《ろうばい》を隠せないまま、和哉はただ反射的に首を振った。

「い、いえ。気にしていません。マルコーニさんも、そんなに気にしないで下さい」

当たり障りのない返事をし、話を打ち切るようににっこり笑う。だが、声は続いた。

「気にしないわけにはいかない。もう一度誘うためにも、きちんと謝っておかないとな」

「……誘い?　どういう意味ですか」

「言ったとおりの意味だよ」

見つめてくる瞳は、直前、謝罪してきたときと同じもののはずだ。

だが、その奥に潜《ひそ》む光は、まるで別のものにすり替わったようにも感じられた。

どうしてか、身も心も絡めとられるような恐怖を感じ、和哉は半歩後ずさる。

「申し訳ありませんが、そういうことは、お断りしています」

そして早々にその場を去ろうとしたが、ぱしりと手を掴まれ引き止められた。

「あっ」

「もう少し聞いてからでも、断るのは遅くない。今度はきみにとっても悪い話じゃないと思うが」

低く、甘いその声を聞きながら、和哉は奇妙な感覚に囚われていた。

摑まれているところが、不自然に熱い。

そしてなぜか、そわそわと落ちつかなくなっている。鼓動も速くなっている気がして、自分自身に戸惑ってしまう。

(なんだこれ……)

和哉は、自分の中の変化とその理由がわからないことに焦りを感じ始めていた。

急にやって来たシルヴィオ。

今までとはまるで別人のような、彼の別の一面を見たためだろうか。

経験のない感情の乱れ方で、すぐに対処できない。

そうしていると、摑まれていた手がするりと離される。同時に、ギャルソンの一人である豊田が姿を見せた。

「あの、加々見さん。相澤さんがお見えなんですが……」

そして小声で、来客を告げる。

一旦この場を立ち去るきっかけとしては、この上ないものだ。

しかしそうわかっていても。和哉はそれに便乗しなかった。

シルヴィオに対しては、たとえ一時的にであったとしても、引きたくない。

つまらない意地だと自分でもわかるが、引けばオークションで降りざるをえなくなったときを思い出し、彼に対して負ける気がする。

「わかった。裏で待っていてくれるように伝えて」

「は、はい。わかりました」

豊田が去っていくと、やりとりを見ていたシルヴィオは様子を探るように目を細めた。

「よかったのかな？　行かなくて」

「ご心配には及びません。すぐに行きます。あなたの話を聞いた後に」

言い切って見つめると、シルヴィオは心底嬉しそうに微笑む。

そして、悪戯《いたずら》っぽく瞳をくるめかせると、「簡単な話だ」と切り出した。

「ワインを見繕《みつくろ》ってもらえないかと思ってね。あのグラスに合う一本を」

「グラスに合うワイン……ですか？」

「ああ。以前、きみが言ったんだよ？『このグラスで飲みたいワインも取り寄せて』。覚えてないか」

「覚えてます…けど……」

「それをわたしにも楽しませてほしい。実は、あのグラスはまだ使っていなくてね。初めてのグラスで飲むワインは、厳選したい。よくも悪くも胸に残るものだから、それをきみに選んでもらいたい」

「……」

「もちろん、お礼はする。なるほど、とわたしを唸らせるものを飲ませてくれたなら、そのお礼にグラスは譲ろう。わたしが持っているよりも、きみが持つほうが幸せだろうからな。……どうかな」

「一つ、伺っていいですか」

シルヴィオの話をゆっくりと咀嚼《そしゃく》しながら、和哉は口を開く。

余裕のある笑みに向け、肝心なことを尋ねた。

「『わたしを唸らせるものを飲ませてくれたなら』とおっしゃいましたけど、だったらその判定をするのは……」

「わたしということになるね」

シルヴィオは、にっこりと微笑むと、真っ直ぐに見上げてきた。澄んだ瞳はいっそ無邪気なほどだ。

いつもは大人で、しかも年齢以上に余裕を感じさせるのに、どうしてか今は子どものようにも見える。

「気がかりかな？　そこが」

だが次の瞬間には、また大人の瞳に変わる。駆け引きを楽しんでいるような彼を見つめながら、和哉は懸命に考えていた。

話だけを聞けば、和哉にとって不利極まりない話だ。

満足感なんて絶対の基準があるわけでもない。しかもそれを判断するのが飲んだ本人となれば、仮に満足していても「していないからグラスは渡せない」と言い張ることも簡単だろう。

ブラインドテストのように、正解のあるものではないのだから。

だから、その点を理由に断ることは簡単だ。敵と審判が同じゲームに、進んで足を踏み込む者もいないだろう。

それは、シルヴィオもわかっているはずだ。

わかっていてそんな話を持ちかけてくるということは——。

「随分、自信があるんですね」

和哉が言うと、シルヴィオは楽しそうに口の端を上げる。

その表情で、確信した。

彼は自信があるのだ。

和哉に「卑怯《ひきょう》だ」と言われないほどの、絶対の判断をする自信が。

(自信……か……)

そう思うと、ますますここで引けない。

こっちだって、自信はあるのだ。

和哉は、きつく拳《こぶし》を握り締めた。

もはや、グラスを手に入れられるかどうかよりも、シルヴィオを見返したい、一度くらいは彼に勝ちたいという気持ちが高まっている。

(負け続けたままでいられるもんか)

条件は不利だとしても、今まで散々軽くあしらってくれたシルヴィオを相手に、真っ向から勝負できる機会だ。

となれば、答は一つしかなかった。

「……わかりました」

ぞくぞくするような興奮を感じながら、和哉は言った。

「その勝負、受けます」

シルヴィオを見つめ、はっきりと言い切る。

グラスに合ったワインを、シルヴィオを満足させられるように選ぶ――。

そこまで困難なら、いっそやり甲斐があるというものだ。

「全力で頑張りたいと思います。満足いただけるように」

にっこりと笑うと、シルヴィオも満足そうに目を細めた。

「きみなら、そう言ってくれると思ったよ。じゃあ、詳しいことは後ほど。ああ…当日はきみももちろん一緒に飲んでくれ。楽しみにしてるよ」

じっと見つめ返されれば、彼の目も真剣で、だからその視線は胸の中に真っ直ぐに突き刺さる。

「こちらこそ、楽しみです」

いつになく熱くなっている胸を宥めながら、和哉は静かに言う。

やっと、この男に自分を認めさせる機会ができたかもしれない。そう思うと、早くも当日への期待と緊張に高揚してくる。

そしてそんな昂ぶりは、隠しているつもりでも静かに溢《あふ》れていたらしい。

「——どうしたんだ？」

勝負の日まであと三日となった頃、和哉は高玉川《たかたまがわ》に出した二号店の打ち合わせの件で、相澤の仕事場を訪れた。しかしいつものように社長室へ入った途端、相澤はそう言って目を丸くしたのだ。

どちらかといえば冷たい印象の美丈夫である相澤にしては、珍しい表情だ。

「どうした、って？」

不思議に思った和哉が、ソファに座りながら問い返すと、書類を手に向かいへ腰を降ろした相澤は、さらに目を丸くする。

「何かあったんじゃないのか」

「え？」

「何もないのにそんな顔してるのか？」

「意味がわからないよ、邦彦。何が言いたいんだよ」

嚙み合わない会話に、とうとう和哉がそう言うと、相澤は困ったように苦笑した。

「見るからに楽しそうだから、何かあったのかと思ったんだ。なんでもなかったなら、単なる俺の勘違いだ」

言いながら、相澤は書類を手渡してくる。二十枚ほどのそれを受け取りかけ、和哉は目を瞬いた。

「おい!?」

大きな声にはっと気づけば、持っていたはずの書類の半分以上が、テーブルや床に滑り落ちていた。

「あ……！」

慌ててそれを拾う。そしてシルヴィオとのやりとりを思い出すと、和哉も苦笑した。

「ごめん。何かあったといえば、あったかな。でも、本番は三日後だよ。一番の楽しみはこれから、って感じ」

「パーティの予約でも入ったのか？」

「ううん。まあ、ワインは飲むけどね」

「なら、デートか」

さらりと言われ、今度こそ本当に絶句する。

仕事ばかりだった相澤の口から、そんな言葉が出るとは思わなかった。

「デートは邦彦のほうじゃないの？　最近付き合いが悪いし」

「いや、そんなことは……」

切り返すと、相澤は狼狽《うろた》えたようにさっと視線を逸《そ》らす。初めて見るその様子に「やっぱり」と和哉は微笑んだ。

(でもなんだか、ちょっと寂しいかな)

平静を保とうとしているのか、しきりに咳払いを繰り返す相澤に小さく吹き出しながら、和哉は思った。

両親と妹を他人の借金のせいで亡くしてしまっていた相澤は、情や愛を極端に嫌い、合理的なことだけを選択する生き方をしていた。

そのため若くして成功したとも言えるのだろうが、そんな日々だったから、和哉が知る限り、本当の意味での恋人など殆どいなかっただろう。

だから、そんな彼に大切な人ができたなら、それはとても嬉しいことだと思うし祝福できる。

しかし、その一方で、相澤のそんな生き方は、「店が一番」の自分ともなんとなく重なる気がしていたから、少しだけ置いて行かれたような気分だ。

(それにしてもデートって……)

まだ幾分照れた気配を見せつつも、書類の説明に入った相澤の声を聞きながら、和哉は胸中で苦笑した。

よりによってそう言われるとは思っていなかった。

そう思われるような顔をしていたんだろうか?

(まさか)

自分に問いかけ、首を振った。

そんなはずはない。

シルヴィオにやり返す機会ができたことにはわくわくしているし、その自信もあるし、欲しかったグラスが手に入るかもしれないことは嬉しい。

でも、それだけだ。

「デート」でイメージされるような、そんな甘い雰囲気や恋情なんて、どこにもあるはずがない。

(だいたい、あの男は人の欲しいものばっかり攫って、人のことからかってばかりで、いつも……――)

しかし、そうして自分を納得させかけたとき。

「――」

和哉ははっと唇を押さえると、瞬く間に真っ赤になった。

「嫌な奴」であるシルヴィオとの、「嫌な過去」を振り返っていたためか、あの日の口付けの感触までもが蘇《よみがえ》ってくる。

オークションで次々競り負けた上に、未熟さをからかわれて、騙《だま》されて抵抗もできずに口付けられたあの日。

抱き締められて、しかもよりによって自分は腰を抜かして……。

「どうした?」

「ん? ううん」

なんでもない――。

訝《いぶか》しそうに見つめてきた相澤に、口元を押さえたまま首を振る。

まるで遅効性の甘い毒のように、気づけば胸の中を占めそうになるシルヴィオとの記憶を振り切りたくて和哉は何度も頭を振った。

そして、三日後の勝負に向けて改めて決意する。

（絶対勝ってやる——）

そうしなければ、自分はあの日の霧の中に捕まったまま、その呪縛から、いつまでも逃れられない気がした。


そして、それから三日。明日は店も休みという日の夜、和哉はシルヴィオに連れられ、横浜《よこはま》のとある埠頭を訪れていた。

てっきり都内のどこかでとばかり思っていたが、店まで迎えに来たシルヴィオに連れてこられたのはここだった。彼が所有する客船で、勝負を、ということらしい。

目の前に接岸された、まるでビルのように大きな客船を見上げながら、和哉は溜息をついた。

「凄い、ですね……」

「『シーヴィーナス』は、うちが保有する客船の中でも最大だからね。世界でも三指に入るもののはずだよ」

（住む世界が違うな……）

ちらりとシルヴィオに視線を流しながら、和哉は改めて思った。今日着ているスーツも、きっとオーダーものだろう。

乗船すれば、中も想像していた以上の豪華さだ。

入ってすぐの広いフロアは、ホテルでいえばロビーと言うところだろうか。

毛足の長い絨毯《じゅうたん》は、毛羽立《けばだ》ち一つなく、まるで雪の上を歩くかのような柔らかさで、さりげなく置かれている猫足のソファやテーブルの数々は、どれも歴史を感じさせるクラシカルなデザインと、どっしりとした色合いだ。

アイボリーの壁も安っぽさは全くなく、かといって重たい感じもせずに目に心地好い。

そして何より、三階分はあろうかという吹き抜けは、それを両側から抱えるように大きく曲線を描く二つの階段と共に、圧倒的な存在感だ。

階段の幅は二メートルぐらいだが、絨毯が敷かれているのは真ん中の一メートルほど。残りの両端は大理石が剝《む》き出しになっており、ボルドーの絨毯とのコントラストが目に鮮やかで、磨かれた銀の手すりとあいまって、まるでどこかの王宮のようにも思えた。

三つの大きなシャンデリアは、中空に咲く大きなオレンジ色の花のように、この場を華やかに彩っている。

手すりやドアといった金具部分は全て銀。

それは、案内されるままに奥へ進んでも変わらず、徹底した拘りが感じられた。

数メートルごとの壁際には、船内連絡用らしい電話と花の置かれたマホガニーのチェストが備えつけられ、長い廊下のアクセントになっている。

特に電話は、木製でダイヤル式という普段なら絶対に見られないだろうもので、物珍しさに和哉もつい触ってみたほどだった。

「凄い……」

うっとりと呟くと、くすりと笑い声が聞こえた。

「気に入ってくれたかな。何しろ、今夜のあなたは特別なお客さまだからね」

「特別？」

「特別だよ。そのワイン共々」

そして辿《たど》り着いたのは、随分奥の一室だ。ここは、シルヴィオ専用の部屋らしい。

「どうぞ」

声と共に開かれるドア。

期待と緊張に胸を鳴らしながら一歩そこへ足を踏み入れた瞬間、和哉は息を飲んだ。

「……っ」

内装は、高級ホテルと見紛《みまが》うほどだ。

ぱっと目につくソファセットは、乗船したばかりのロビーのようなところで見た、あの猫足のセットと同じものだろうか。

その向こうには、造りつけのカウンターバー。

しかも広さが並ではなく、和哉が今住んでいる部屋よりも広いかもしれない。

「どうかしたかな」

ぼうっと佇んでいると、気遣うように声がかけられる。だが、それと同時に肩を抱き寄せられ、和哉は慌ててその手を取りのけた。

「別に、なんでも……。広いなと思ってただけです」

そっと距離をとりながら言うと、シルヴィオは苦笑する。だが、悪いことをしたと思っていないのは明白で、表情はすぐに含みのある微笑に変わる。

「まあ、そうかもしれないな。この部屋だけで、だいたい四十平方メートルくらいか。あとは、奥に寝室と書斎、それからバスルームがある」

「寝室に、書斎……ですか」

まさしくスイートルームだ。

溜息が零れてしまうが、それと同時に、ここで勝負に臨むと思えば一層気持ちが昂ぶってくる。

こんなに豪華な客船の、こんなに特別な部屋を自分が訪れることになるとは思っていなかった。

これから先もそうそう来ることはないだろう。

だが、今は確かにここにいて、しかもずっと負け続けていたシルヴィオにようやく一矢《いっし》報いることができる機会が目前。そう思えば、足元から興奮が突き上げてくるような気がする。

落ちつかない自分を持て余し、和哉は幾度も長く息をつく。すると、くすりと笑ったシルヴィオからソファを勧められた。

「取り敢えず、ソファにどうぞ」

「はい。失礼します」

礼を言って座った途端、シルヴィオもまた和哉のすぐ隣に、腰を降ろしてきた。

「ちょっ……!?」

いきなりくっつかれ、和哉は狼狽えた声を上げた。

今夜は勝負なのだから、落ちついて、冷静に、挑発に乗らずに。

そう思っていたのに、こんな不意打ちを受けてしまえば早くも気持ちを乱されている。

胸の中で大きく顔を顰《しか》め、この場は立ち上がって逃げるべきかと考えていると、

「また緊張してるんだな」

ぽつりとシルヴィオが呟いた。

見つめれば、彼は一方の口の端だけを上げて笑った。

「もっとリラックスしたほうがいい。そんなに強張った思いつめたような顔じゃ、折角のワインが泣く」

「……っ何するんですか！」

揶揄《やゆ》するような言葉に加え、腰に腕が絡む。

まるで熱の鎖が絡むかのような錯覚に、和哉はぎゅっと奥歯を噛み締める。

再びその手をぴしゃりと叩くと、シルヴィオは大きく苦笑した。

「手厳しいな。こういう場所なんだし、もう少しロマンティックになってもいいんじゃないかな？」

「僕にとっては、ここは勝負の場所で、あなたは勝負の相手です。ロマンティックがお好きなら、別の機会に一人でいくらでも浸《ひた》って下さい」

乱れる息を隠したくて早口で言うと、シルヴィオは残念と肩を竦《すく》める。

そして立ち上がると、あのワイングラスの入った箱を静かにテーブルの上に置いた。

「じゃあ、お望みどおり早速勝負といこうか。そこのカウンターの向こうに、ワインクーラーも用意してる。厨房には氷もまだ沢山あるから、必要なら持ってこよう。手伝いでもなんでも、言いつけてくれればいい」

「……はい――」

部屋の空気がゆっくりと変わる。

和哉も気持ちを入れ直すと、持ってきていた二本のワインを取り出した。

シルヴィオの視線が、手元に向けられているのがわかる。

心臓の音が大きくなり始めている、と自覚すると同時に、

「……なるほど。それを選んだのか」

興味深そうな声が届いた。

見つめれば、意味深な、摑みどころのない笑みが返された。

和哉は自身を励ますように一旦深く深呼吸をすると、勢いよく立ち上がった。

「ワインクーラーをお借りします」

「ああ、どうぞ」

ここまで来たら、もう勝負を下りることはできない。

彼を唸らせ、満足させて、勝つしかないのだ。

だが、勝つことに拘って、眉間に皺を寄せてばかりいたくない。

シルヴィオに勝ちたくて、そしてできればグラスを手に入れたいための勝負だけれど、折角、このグラスを使える機会でもあるのだから。

もしかしたらこの二本とも、もうシルヴィオは飲んだことがあるかもしれない。

だが、同じワインでも、グラスの微妙なカーブによって味を変える。この二本は、その変化も考慮した上で、選んだもの。

このグラスを見たときから考えていた二本だ。

自信を持って薦めたい。

「三十分ほど、待っていただけますか」

「もちろん。でも、面白いチョイスだね。当たり年のアマローネに2002年のオーブリオンか」

「本当をいえば、もっといいものを…って考えたこともあったんです。あなたのことをなんとかやりこめたくて。でも、それじゃきりがないから、初心に返りました」

「初心って?」

「店に――お客さまにお出しするときのことを考えたワインです。このグラスは、いずれ店に出すために買ったものですから……」

「なるほど。でも、わたしをやりこめてくれないとこのグラスは渡せないよ?」

「ええ。でも、そんな話をしたら皆が協力してくれて」

「みんな?」

「はい」

頷くと、和哉は持っていた鞄《かばん》から次々と荷物を出した。

「もしよかったらどうぞ。うちのシェフが持たせてくれたピクルスです。あとはチーズと…こっちはサラミになります」

「へえ、美味しそうだ。全部自家製なのか。ワインに合いそうだな」

「ええ。合いますよ。ワインが何倍も美味しくなります」

食いついてきたシルヴィオにそう言うと、意図を察したらしく大きく苦笑した。

笑いながら、小さく肩を竦める。

「これは強力な後押しだな。こんなのを見せられたら、ワインだけを飲むような勿体ないことはできなくなる。ともすれば、これも合わせて判断せざるをえないか。まったく——驚かされるな、きみには。いつの間にこんな大人の交渉方法を覚えたんだ？」

「『店で使うグラス』っていうことを忘れないようにしようと思っただけです」

「店といえば、きみの店は、スタッフの質が高いし仲もよさそうだね。この間、そう感じたよ」

「そうですね。僕も恵まれてると思います」

自信を持って、和哉は答えた。

「店と同じくらい、大切なスタッフたちです」

言い切ると、シルヴィオはにっこりと微笑む。言いたいことを全てわかってくれたかのような、包み込むような微笑だ。そして、何かを思い出すように「そうだね」と頷く。

「だからだろうな、もう一度行きたくなる店だ。でも大変じゃないか？　あの辺りは似たような店も多いだろうし」

「それは、まあ。ただ幸い、今のところは上手くいってます。最近は男性のお客さまも増えてきて……これは予想外でしたけど」

「ああ。そういえばそうだったな。ちょっとしたサロンみたいだった」

「二、三ヶ月前から、自然にああなっちゃったんです。近くに骨董店とギャラリーができたせいだと思いますけど」

「……迷惑がかかったりは……してないかな」

「え？」

不意の声に和哉が目を丸くすると、シルヴィオは少し慌てるように言い直した。

「ん？　いや、そういう客は店の迷惑にはならないかと思ってね」

「そんなことありませんよ。……どうしてですか？」

「いや…別に。予想外だって言っていたから……。わたしも男だし、迷惑になってるんじゃないかと思ったんだ」

「まさか。色んな方に来ていただけて、嬉しいですよ」

笑顔で言うと、それからも促されるまま、和哉は店について話した。

店を持つまで方々走り回ったこと、従兄弟の協力や、堺との出会い、苦労と喜び、今日までの道のり……。

自慢したいわけではないが、素晴らしい縁に恵まれていることは伝えたかったのだ。

「――だから、今の僕にとっては、店が何より大切です。今度、高玉川のほうに二号店も出しましたけど、それも青山の店が上手くいってるから、できたことですし」

「あの店が大切にされているのは、一歩入った瞬間にわかったよ。明るくて、つい長居したくなる雰囲気がある」

「……」

「一度行っただけのわたしがこう言うのもなんだが、落ちつくよ。それから、独り占めしたい気持ちにもなる」

「えっ？」

「初めてのわたしにも、まるで特別の常連みたいな接客をしてくれただろう？　そういう店は、こちらも特別にしておきたくなる」

「……あ……ありがとうございます……」

聞きながら和哉は密かに驚いていた。そして驚きと同じほどの嬉しさのあまり、お礼を言う声も遅れてしまう。

話したはずなんかないのに、シルヴィオは和哉が目指している店のイメージを的確に捉えている。捉えて、しかもそれを歓迎してくれている。

それは、まるで無二の理解者を得られたようで、堪らなく嬉しいことだった。

しかもシルヴィオは、さっきからずっと丁寧に和哉の話を聞いてくれている。

それも、嬉しいことだった。

年上で、しかも社長ともなれば、和哉の店程度の話は聞きたがらないだろうと思っていたのに。

(もしかして、深く知っていけば、思っていたほど嫌な奴じゃないのかも……)

謝ってくれたこともあるし……と思い出しながら、和哉は時計に視線を流す。

「そろそろですね」

そして、立ち上がると、ワインクーラーに入れていたボトルに触れ、温度を確認する。

実のところ、和哉はかなり緊張していた。

自信はあるが、何しろ相手はこのシルヴィオだ。

店に来たときにちらりと見たマナーは完璧だったし、社長なら、世界中の色々なものを食べ、そして飲み、舌も肥えているだろう。

そんな相手に出すワインともなれば、どうしても肩に力が入ってしまう。

二本持ってきたのも、まだ迷っていたためだ。

だが、最後は自分の話を聞いてくれたシルヴィオへの敬意も込め、イタリアワインであるアマローネに決めると、ほどよく冷えたそれをあのグラスに注ぐ。

「……どうぞ」

そして、彼の前のテーブルへと差し出した。

「ありがとう。きみもどうぞ?」

「ええ。でも、まずは先に召し上がって下さい」

「折角なんだ。乾杯の一つでもしようよ」

「それはまたの機会に。少なくとも勝負に決着がついた後にしたいです」

再三の誘いをあくまで断ると、それまではどこかまだ余裕のあったシルヴィオの顔も真摯なものに変わる。

「そうか。わかった。じゃあ、お先にいただこう」

「勝負」を意識したかのような声と表情に頷くと、シルヴィオは手にしていたグラスを軽く掲げる。

そうして色を楽しみ、次に香りを確かめると、そっとグラスに口をつけた。

（っ……）

その刹那《せつな》、和哉は、全身がぎゅっと強張るのがわかった。

あまりにじっと見ていたためか、まるで、自身が口付けを受けたかのようだ。

食べることや飲むことのエロティックさを感じながら、それでもシルヴィオの口元から視線が外せない。

堺をはじめとした店の皆にも後押しされ、そして期待された。

負けをさらに重ねて、すごすご帰りたくない。

いつしかしっとりと汗の浮いた掌《てのひら》。

感想を求めるための声さえ出せずに身を強張らせていると、注がれたワインを優美な仕草で飲み干すシルヴィオの様子が目に映る。

露になる喉元のセクシーさに思わずごくりと息を飲むと、静かにグラスを置いたシルヴィオがひたと見つめてきた。

「……いかが……でしたか？」

侮《あなど》られないようにするためにも、緊張しては駄目だとわかっているのに、声は震えてしまう。

身を乗り出すようにして尋ね、見つめ合ったまま微動だにできずにいると、やがて、シルヴィオの双眸がふわりと和らいだ。

「一緒に飲もう。こんなに美味しいものを、わたしだけが飲むのは申し訳ない」

そして向けられるのは、眩《まぶ》しいほどの満面の笑みだ。

「……じゃあ……！」

「素晴らしいよ。アマローネは何度か飲んだことがあるが、今飲んだものが一番美味しいと思った。……きみの勝ちだ」

その言葉に、今までの緊張が一気にほぐれる。

「っ……——！」

飛び上がりたい思いを堪《こら》えてぎゅっと拳を握り締めると、和哉は胸の中で声を上げた。

（やった……！）

口には出さず、けれど胸の中では何度もそう叫んでいると、やがて、じわじわと全身の力も抜けてゆく。

今の今までガチガチに強張っていたことが嘘のように脱力すると、合わせて笑みも零れる。

安堵と、喜び。

そのまましみじみと嬉しさを確かめていると、シルヴィオが目を細めて見つめてきた。

「やっと笑った顔が見られた」

「あ……」

柔らかな声に、そして見つめてくる優しい瞳に、とくりと胸が鳴る。全く無防備だった顔を見られた恥ずかしさに、耳が熱くなる。

俯《うつむ》くと、笑いながらその顔を覗き込まれた。

「それにしても、驚いたな。グラスでこんなに違うのか」

「そう、ですね。薄さやカーブの角度によって結構……。僕も、一番最初に飲み比べたときは驚いた覚えがあります」

ゆっくりと説明していると、今度はまた違う嬉しさが次第にこみ上げてくる。

それは、シルヴィオに勝ったこと、彼を負かしたことが理由ではなく、目の前の一人が「美味しい」と言ってくれたことへの嬉しさだった。

勝負に勝ったこと、そしてこのグラスを手に入れられることは嬉しいけれど、それよりも、シルヴィオの満足そうな笑顔や不思議そうにグラスを見つめる瞳が見られたことが嬉しい。

そう自覚し、充足感に浸っていると、「ほら」と優しい声がした。

「きみも飲もう。それから、わたしももう一杯貰《もら》おうか」

「はい……」

間近からのとろけるような笑顔に、一層胸がどきどきする。

そして和哉は、シルヴィオのグラスにはおかわりを、そしてもう一つのグラスには自分の分のアマローネを注ぐと、手招かれるままシルヴィオの隣に腰を降ろす。

嬉しそうに「乾杯」と囁きグラスを掲げるシルヴィオに、和哉も微笑みながらグラスを軽く上げる。

少しは彼に認められたのだろうかと思うと、それもまた嬉しかった。

気恥ずかしいような甘酸っぱい思いでグラスを触れ合わせる仕草だけをして、そのまま静かに口をつける。

「……美味しいですね」

「ああ、美味《うま》い。きみのセレクトは完璧だな。味はもちろん、店に出すことまで考えて……。さすがだ」

「こちらこそ、このグラスで飲めて嬉しい限りです」

和哉もにっこりと応えると、美味しそうに二杯目を飲み干したシルヴィオが腰を上げる。

カウンターの向こうでしばらくごそごそと何かをやっていたかと思うと、戻ってきたとき、その手には二枚のプレートがあった。

「よかったらどうぞ。ハムのムースと白身のテリーヌ。でも、きみも用意してるとは思わなかったな」

「え…これ、もしかして、あなたが……？」

「口に合えばいいけど——どうかな」

「あなたが料理をするなんて思いませんでした」

「日本の男性はあまり厨房に立たないようだね。イタリアでは珍しくないよ。美味いものは自力で。基本だろう？」

「ええ。でも、意外でした」

もっと大胆な料理ならともかく、とつけ加えると、シルヴィオは今度は声を上げて笑う。

「きみの中のわたしは、一体どんなイメージなのかな」

笑いながら言うその表情に、和哉は目を奪われた。

普段は、たじろぐほど端整な貌に男らしいセクシーさを纏《まと》い、どこか不敵な彼なのに、瞬間、不思議なほど屈託《くったく》のない様子に見えたのだ。

別世界じゃない、今ここにいる、一人の男の笑顔。

思いがけない表情を目にしたためか、鼓動が少し速くなる。

（あんな顔もするのか……）

彼の新しい一面を知れたことが、なんとなく嬉しい。

こうして一緒に過ごしていると、彼もごくごく普通の男に思えてくる。

仄《ほの》かに温かくなる胸と、熱くなる頬を感じつつ、和哉はそれを誤魔化《ごまか》すようにワインを飲む。

すると、シルヴィオはゆっくりと脚を組み替え、再び落ちついた表情で見つめてきた。

「もちろん、そういう料理も得意だよ。でも、よければ今はこれを食べてみてほしいな。きみの店のシェフほどじゃないにせよ、自分ではなかなか美味しくできたと思うんだが」

「じゃあ、いただきます」

微笑み返し、添えられていたバゲットにムースを乗せて一口。

その瞬間、和哉は驚きに瞠目した。

「美味しい……！」

「だろう？　よかったよ、きみの口にも合って」

目を丸くする和哉に対し、シルヴィオは余裕綽々《しゃくしゃく》だ。満足そうに微笑んでは、グラスに口をつけている。和哉の反応も当然、と言いたそうなその様子に、ついぽろりと素直な疑問が零れた。

「……慣れてるんですね」

「ん？」

「料理を作ることだけじゃなくて、振る舞うのも。手慣れてるんだなと思って」

「ああ。それは、たまにだけど——」

「恋人と飲むとき、とかですか？」

胸に浮かぶ疑問のままに尋ね、その瞬間、和哉はあっ、と後悔した。

不思議そうに見つめてくるシルヴィオの瞳が、目に焼きついて離れない。

自分の声の、思いがけない真剣さに混乱する。

彼に対して、こんなプライベートなことまで訊いてどうしようというのか。

これでは、シルヴィオやその恋人のことをとても気にしているととられかねない。

そんな風に思われれば、またからかいの原因を作ってしまうだけだというのに。

少し冷静になればわかることなのに、なぜかそのときは考えるよりも早く言葉が溢れてしまって。

「す、すいません……」

和哉は、焦りつつ、質問したこと自体をなかったことにしたくて、謝った。

だが、シルヴィオは苦笑するばかりだ。

きっとまた、いいように揶揄されるのだろうと唇を嚙むと、シルヴィオは意外なほど穏やかに
「いないよ」

と、呟いた。

見つめると、シルヴィオは苦笑のまま首を振る。

「きみに気にしてもらえるのはとても嬉しいけど、あいにく、手料理を振る舞うような恋人はいない。一緒に食べるとしたら、せいぜい秘書くらいだ」

「そうなんですか？」

「仕事に追われると、なかなかね。きみもそうじゃないのかな」

「それは……まあ……」

「だから今夜、こうしてきみと一緒に飲めるのは格別だ。恋人と飲むのはこんな感じだろうなと思って、楽しんでる」

「かっ、勝手に恋人にしないで下さい……！」

「それにきみとなら、このまま奥の部屋に場所を移すのも悪くないと思ってるよ？」

熱っぽい視線に晒《さら》され、和哉は耳朶《じだ》まで赤く染めた。

懲《こ》りずにまたも腰を抱いてきた腕を再びぱしりと叩くと、逃げるようにそっぽを向いたが、頭の中では、今聞いたばかりの言葉がぐるぐる回っていた。

「手料理を振る舞うほどの恋人はいない」——その言葉が、おかしいほど何度も和哉の頭の中を巡っている。

(だったら、どうして自分に料理を?)

そんな想いが、不思議なほど頭から離れない。

(変だ……)

甘酸っぱいような違和感に、胸が疼《うず》く。

酔ったのだろうかと思いながらも、じっとしていられず、和哉はグラスを呷《あお》る。

「っ……」

すると、焦っていたためか、僅《わず》かに手元が狂い、口の端からワインが零れた。

子どものような失敗に、なおさら真っ赤になりながら、和哉は慌ててハンカチを取り出す。

しかしそれで拭くよりも早く、シルヴィオの指が唇をなぞった。

「ぁ……っ」

思わぬ刺激に、自分でも驚くほどの艶めかしい声が零れる。

慌ててその手を払ったが、むず痒《がゆ》いような感触は唇に残ったままだ。

和哉は赤くなったまま、ハンカチでごしごしと唇を拭き直した。

「そんなにしなくても」

笑い混じりのシルヴィオの声が届く。

だが、和哉は放っておけばとりつかれそうになる快感から逃げるように、何度もそこを擦った。


その後はシルヴィオも少し大人しくなり、まるで、古くからの友人と飲みながら語らうかのようなひとときを過ごすことができた。

世界中を飛び回っているためか、料理、ワイン、ファッション、そしてアンティーク——何を話してもシルヴィオは話題豊富で、和哉もつい釣り込まれるように話に夢中になった。

普段の忙しさや都会の喧噪《けんそう》を忘れてゆったりとした時間を過ごし、「折角だから」とシルヴィオに頼まれて二本目のワインも開ければ、それも美味しく、いつまでもこうやって飲んで、話していたいと思ってしまう。

子ども扱いされ、からかわれていたのに——いや、だからこそ、今こうして彼から認められたのが嬉しくて堪らなかった。

ほどなく、二本目のワインも空にすると、シルヴィオは「そうだ」とおもむろに口を開いた。

「今から、少し船内を案内しようか。ワインのお礼と……わたしの仕事のことも紹介したいしね」

「でも、ご迷惑じゃ……」

「今日は、殆どのお客は上陸して遊びに行っているから、大丈夫だよ。いるとしたら、船員たちとほんの一部のお客だけだ」

そう言って腰を上げるシルヴィオは、もうすっかりその気らしい。

彼らしい強引さに微苦笑しつつも、和哉も頷いて立ち上がった。

「じゃあ、お言葉に甘えて」

そして、連れられるままに巡れば、広さといい豪華さといい、やはり唸るしかない。

レストランは、和哉の店以上に広いものが二ヶ所、それ以外にも、軽食を出すカフェとバーが二ヶ所ずつあり、それらはいつでも食事やお酒を楽しめるようになっているらしい。

図書室に揃えられた本は、世界中を巡る客船に相応しく、色々な国の長編小説が多く、その隣にはミニシアターまであった。

グランドピアノが置かれた広いホールでは、夜な夜なコンサートやダンスが行われているらしい。

最後に、室内外のプールまで案内され、和哉は溜息をつくばかりだった。

「何から何まで、豪華で圧倒されますね」

手すりに寄りかかりながら波間を眺め、はーっと息をつくと、シルヴィオは苦笑した。

「それがこの客船の役目だからね。日常から離れられる空間——そうでなければ、誰も乗りたいと思ってくれない」

「それはそうかもしれませんけど……。壁に掛けられていた絵やあちこちにあった彫刻も、全部本物ですよね？」

「もちろん。こんな限られた場所じゃ盗む人もいないから却って安心だよ。潮風にだけ気をつけていれば、傷むこともないし。でも、きみの店にあった絵もよかったじゃないか。アクリルなのかな？　モダンで、よく合ってた」

「あれは、店のスタッフの親戚の人が描いたものなんです。紹介されて絵を見たら、店のイメージに合ってて。だから、買わせてもらったんですけど、そういう経緯なので値段は……」

「ものの価値はそういうところにあるんじゃないよ。……わかってるだろう？」

優しく見つめられ、和哉はこくりと頷く。

見えないものが通じ合う。そんな感覚が嬉しい。

そういえば、と続けて口を開いた。

「さっき船の中を歩いていたとき、一枚、知ってる絵がありました」

「どれかな？」

「レストランの前にあった、マルチェシの……」

「ああ。マルチェシは日本でも人気があるらしいな。きみも好きな画家なのか？」

シルヴィオは、なんの気なく尋ねてきたのだろう。だが和哉は、一瞬答に詰まった。

そして、海を見つめたまま首を振った。

「嫌いです。父が好きだったので」

酔いが回ってきたのか、ふっと本音が口をついた。胸の奥がざわりとさざめく。

風に誘われるように空を見上げれば、無数の星が瞬いていた。

しばらくそれを見つめ、シルヴィオに視線を戻し、和哉は続けた。

「父とはあまり折り合いがよくなくて……だから、あの人が集めていたものは好きじゃないんです」

「お父上は一体……」

「所謂《いわゆる》社長、でした。もう亡くなりましたけど、商才はあったんでしょうね。自由にやればやるほど会社は大きくなったみたいだし。でも、家族に対しては……酷い人でした。自分勝手で」

「和哉」

「しかも父がそんな人だから、母もだんだん……。大恋愛で結婚した、なんて話も聞いてたんですけどね。高校生の頃なんか、一ヶ月くらい両親のどちらとも会わなかったりして。お手伝いさんと、従兄弟とだけ話をしてました。夫婦でもああなると駄目なんだな……なんて子どものくせに思ったりして」

「……」

「だから、愛も恋も嫌いです」

「嫌い……?」

「不安定で、脆《もろ》いじゃないですか。嫉妬とか秘密とか嘘とか、嫌な感情ばっかり引き起こすし。そんなものと付き合うくらいなら、僕は、店さえあればそれでいい」

本当のことがさらさらと胸から零れる。

勝負の終わった安堵。そして酔い。

さらには夜のためなのか、波の音のためなのか。それとも、隣にいるのがシルヴィオだからか。

今までは押し隠していた素の自分が、ふと姿を覗かせる。

しかし和哉はそれを自覚せず、ただ夜闇に身を任せていた。

包み込んでくれるような波の音、そして潮の香り。目に映る街の灯は、宝石箱の中を眺めているようだ。

(気持ちがいいな……)

眠るように瞼を伏せかける。

すると不意に、音もなく、整った貌が近づいてきた。

「えっ……!?」

ぎょっとして大きく後ずさったが、後ろは壁だ。

シルヴィオと壁の間に閉じこめられたまま、和哉はまだわけもわからず見つめ返す。すると、色の違う瞳がどちらも優しく笑った。

「もう少し、聞かせてくれないか」

「え?」

「きみの話を、だ。きみのことを知れるのが、こんなに嬉しいとは思わなかった」

笑みに、からかう気配はない。だが、和哉は途端に真っ赤になった。

今まで誰にも「本当のこと」なんか言わなかった。そんな馬鹿なことはしないと思っていた。

それなのに。

「あ……す、すいません……」

頬を染めたまま、和哉は辛うじて声を上げた。

そのままシルヴィオの腕をかいくぐるようにして逃れると、なるべく目を合わせないようにして続ける。

「ちょっと、酔ったみたいで。少し、一人で酔いを醒《さ》ましてきますね」

最後は早口にそう言うと、引き止めようとしたシルヴィオに首を振る。

そして背を向けると、足早にその場を離れた。

いくら気が緩《ゆる》んでいたからといって、酔っていたからといって、うっかりあんな話をしてしまった自分の迂闊《うかつ》さは、後悔してもしきれない。

(どうして……)

私的な話は、つまり自身の弱みだ。それを、自分からぽろぽろと打ち明けてしまうなんて。

(どうして)

自分の行動が、自分でわからない。

和哉は繰り返し溜息をつくと、自らへの苛立ちを紛らわせるように歩き回った。

甲板から船内に入っては、また甲板へ出て、階段を降りては角を曲がる。

船内は静かだ。シルヴィオが言ったとおり、多くの客は出かけているのだろう。

(彼だから……?)

シルヴィオの声や表情が思い出された瞬間、一つの思いが胸を過ぎった。

その途端、足が止まる。

胸の中で、声が零れる。

もしかして自分は、彼に聞いてほしかったのだろうか。

聞いてほしくて、だからあんな――。

「まさか」

思いを打ち消したくて声に出したが、それは胸の奥まで届く前に消える。

解けなかった「どうして」。自分の行動への疑問。

けれどそれは、彼に聞いてほしかったからだと考えれば辻褄《つじつま》が合ってしまう。

趣味が似ていて、店の理想までもを自然に察してくれた人。

嫌な奴なのに、忘れられない人。

認められたいと思った人、対等でいたいと思っている人。

他でもない彼が相手だから、今まで誰にも言わずにいた自分のことも話してしまったのだと。

「そんなはずは――」

今度は、さっきよりもはっきりと声を上げる。

だいたい、あの男は天敵なのだ。

いつも人を馬鹿にしたように笑っているし、かと思えば遠慮も断りもなく触れてくるし、人を女性のように扱いたがるし。

今日はたまたまいい面を多く見ることになったが、今までされたことを思えば。

(好きになんかなるわけがない)

そう思った途端、息が止まる。

どうしてここで「好き」という気持ちが出てくるのか。

客船の奥深く、たった一人で佇んだまま、和哉は惑い続ける。

自分の謎を解きたくて、それなのに考えれば考えるほど混乱するようで、どうすればいいのかわからなくなる。

焦れるような苛立ちに、顔を顰めたときだった。

「誰かそこにいる？」

どこからか、男の声が届いた。

はっと辺りを見回せば、歳は和哉と同じくらいの、一人の男が現れた。

聞こえた日本語は綺麗なものだったが、外国人で、背はシルヴィオくらい。

彼ほどの特別さは感じないものの、格好のいい男だ。金髪に、少し派手なスーツがよく似合っていて、このままファッショングラビアに載っていてもおかしくないと思える。

（船員じゃないよな……）

上陸しなかった客だろうか？

どうすればいいのかわからず、和哉が困っていると、男はぱっと笑みを見せた。

「どうしたの？　こんなところで一人で」

「あ、あの……」

「もしかして迷ったとか？　広い上にややこしいもんね、ここ。よければ案内するけど。わかるところまで」

気軽に話してくる男に、和哉はほっと胸を撫で下ろした。少なくとも悪意はなさそうだ。そして言われてみれば確かに、帰り道がわからない。

和哉は頷くと、「じゃあ」と頭を下げた。

「お願いします。僕、来たときも、連れられるままだったから何もわからなくて」

「その連れてきてくれた人は、いないの？　名前は？」

「多分船のどこかにはいると思うんですけど……。シルヴィオ＝マルコーニっていって……」

「シルヴィオ!?」

その瞬間、男は驚いた声を上げた。そしてじっと和哉を見つめると、

「シルヴィオに連れてこられたの？」

確かめるように再び尋ねてくる。

戸惑いつつも正直に和哉が頷くと、今度は「へえええ……」と興味深そうな声を上げる。

知り合いか友人だろうかと尋ねれば、やはり友人の一人らしい。

今は仕事で日本に住んでいるが、シルヴィオが来日したことやこの船の入港を知り、船内の娯楽施設に遊びに来ていたとのことだった。

「まあ、遊び仲間ってやつかな。シルヴィオって、部下は多いけど友達はあんまり…って男だから、〝貴重な友達〟の俺は、ちょっと年下でもわりと仲がいいって言うか」

しかし直後、男は首を傾げた。

「あれ？　でもじゃあ、なんでこんなとこいるの。怒らせて、出て行けって言われたとか？」

「いえ……そういうわけでは……」

「えっ。じゃあ逃げてきたの？　まずいじゃん、それ」

「え…ええ……」

なんとなく――なんとなくだが会話が嚙み合っていない気がする、と和哉は首を捻る。

しかも、こんな秘密めいた、普通の客はあまり来そうにないところを平気で歩くこの男は何者なんだろう？

（遊び仲間って言ってたけど……）

一体どんな遊びなのかと考えていると、男にパンと肩を叩かれた。

「そんな難しい顔するなよ。それに、抱かれに来ておいて、逃げるなんてよくないな。この船に連れて来てくれたってことは、他の恋人たちとはちょっと違う扱いされてるんだろうし、悩んでないで、そのままいっちゃえよ。大丈夫だって。シルヴィオなら優しいよ。一晩だけの相手にだって、紳士だし」

「え……？」

「まあ、シルヴィオが男もイケるっていうのはちょっと意外だったけど……。でも、上手くねだればなんでも好きなもの買ってくれるんだし。肝心のベッドだって、凄く――」

「ちょっ、ちょっと待って下さい！」

大きな誤解をされていることと、思いがけず聞いてしまったシルヴィオの私生活に、和哉はストップをかけた。

「待って下さい。誤解です。僕とあの人は、そういう関係じゃありません！」

（一晩限りとか好きなものとか、一体どういう男なんだよ、あいつは！）

だが男は、笑うばかりだ。

「またあ、ここまで来て、隠すなよ。けど、本当にシルヴィオってもてるんだなあ。世界中に恋人が――」

「そこまでだ」

そのとき、フロアに声が響いた。

「――シルヴィオ！」

助けが来たような気持ちに、和哉が思わず声を上げると、シルヴィオは、ほっとした顔を見せる。そして、降りてきた階段付近から、大股で近づいてくると、男に向けて溜息をついた。

「フランコ、あることないことを和哉に吹き込むのはやめてもらおうか」

「な、なんだよ、シルヴィオ。急にどうしたんだよ、そんなに真剣に。いつもの、きみに群がってる奴らの一人だろ？」

言いながら、フランコと呼ばれた青年は和哉を指す。

「冗談じゃない！」と、和哉が言う直前だった。

「違う。わたしが彼に夢中なんだよ」

「――え!?」

シルヴィオの言葉に、男は「まさか」という顔をする。和哉も目を瞬いたが、シルヴィオは真面目な顔のままだ。

「真剣なんだ、この人には。だから、つまらない話をするな。必要があれば、わたしが自分で話す」

「本気で言ってるのか？」

「ああ。本気だ」

揺るぎのないその声に、フランコはなお目を丸くする。

そして和哉を見つめ、再びシルヴィオを見つめて大きく苦笑すると肩を竦める。

やがてフランコは了解した顔で踵を返したが、呆然としたのは和哉だ。

頭の中も胸中も整理がつかない。

今のシルヴィオの言葉は……。

考えれば、鼓動が速くなる。頰が熱くなって、彼の貌がまともに見られなくなる。

（本気って——）

何を言っているんだと怒らなければと思うのに、他人に向けてあれほどはっきりと宣言された後では、取り消させることも戸惑ってしまう。

ただの冗談やからかわれているだけなら、「馬鹿にするな」と憤りしか感じないが、先刻のシルヴィオの態度はそうではなかった。

頭の中で「真剣」という言葉がぐるぐる回る。

まさかそんなわけが、という気持ちと、でも……という気持ち。驚きと、恥ずかしいような嬉しいような言葉にならない感覚が、身体の中で一刻ごとに模様の違うマーブルを描いている。

「和哉」

すると、近くから優しく名前を呼ばれた。

その瞬間、胸が跳ね、耳朶がぽっと熱くなる。

意識するなと思えば思うほど意識してしまい、返事ができない。

完全に混乱していると、労《いたわ》るように見つめられる。

「部屋へ戻ろう」

そして穏やかにそう言われれば、和哉は断る理由を見つけられなくなる。

逃げたいのに、逃げてしまえばシルヴィオへの気持ちを認めてしまう気がして、結局、和哉は元の船室へ戻ってきた。

「はい、お茶。お酒はそろそろ抜けたかな」

「え、ええ……。ありがとうございます」

「どういたしまして」

たわいないやりとりのはずが、あの言葉を聞いた後では今までと全く変わってしまっている。

向かい合ってソファに座り、紅茶を飲みながら、和哉はそう感じずにいられなかった。

シルヴィオの仕草の一つ一つを意識して、そわそわしてしまう。

二人きりのこの時間に緊張して、それなのにどうもくすぐったい。

口を開けばとんでもないことを言ってしまいそうだけれど、黙ってしまうことも怖くて、和哉は話題を探そうと部屋を見回す。

そのとき、一枚の絵が目に入った。

しかも、見覚えのあるものだ。和哉は、会話のきっかけに飛びつくように、口を開いた。

「あの絵は、日本で買ったんですか?」

「ん? ああ。買ったというか、譲ってもらったというか……。でもどうして?」

「店で、この絵の写真を見たんです。お客様の一人が、絵とか宝石とか、そういう色んな写真を持っていて」

「宝石?」

何が気になったのか、シルヴィオは身を乗り出してくる。思わぬ反応に驚きつつ、和哉は頷いた。

「ええ。確かそうです。骨董の売買では、実物の前に写真を見せることも珍しくないですし」

「……」

「でも、商売っていうよりも単に自慢だったのかも。宝石の写真も、凄く大きなダイヤでしたから」

「そう……か……」

「何か、変なこと言いましたか?」

「いや、別に。機会があれば会いたいものだと思っただけだよ。そんなに大きな宝石ならぜひ見てみたいと思ってね」

微笑むシルヴィオを最後に、会話は途切れる。

和哉は息苦しさに身じろぎした。

逃げたいけれど、ここにいたい。

本当は、尋ねたいことも確かめたいこともある。だがそれをしてしまえば、自分もまた逃げられない答を迫られる気がして怖い。

相反する二つの想いに右往左往したままの自分にむずむずする。

それが嫌で、和哉はとうとう、思いきって立ち上がった。

「すいませんが、そろそろお暇《いとま》しようと思います」

「え？」

「勝負も終わりましたし、あまり長居するのも申し訳ないですし、それに、明日の仕事のことで確認したいこともありますし……」

「さっきの件のせいか？」

すると、和哉が皆まで言う前に、シルヴィオが声を上げた。

「さっき」がなんのことを指すのかなど、聞き返さなくてもわかる。

じわじわと熱くなる頬を自覚しながら頷くと、シルヴィオもさっと腰を上げた。

どうしたのかと視線で追えば、彼はこちらへやって来る。

「ちょっ」

腰を抱き寄せられ、和哉は慌てて肩を押し返した。

だが、どれだけ押してみても腕は絡みついたままだ。見つめてくる双眸が、微かに眇められた。

「わたしの気持ちは、嫌か」

直截《ちょくさい》に問われ、声に詰まる。

「逃げたいほど？」

答えられずに黙っていると、

「答えろ」

と、瞳を覗き込まれる。

逃げようと暴れてもそれは叶わず、和哉は恥ずかしさと困惑にフイとそっぽを向いた。

「そんな質問に答える気はありません」

「どうして」

「あなたの気持ちなんか……本気だなんて言ったって、そんなの信じられませんから」

「…………」

「今まで、僕のこと散々からかってきたじゃないですか。それを、いきなり本気だなんて言われたって――」

「それはお互いさまだ」

「え？」

目を瞬くと、シルヴィオは顔を寄せた。

「きみだって、今までは本当の顔を隠してた。——違うか？」

「それは……」

「でも今夜、偶然きみの違う一面を知って、わたしはきみのことが好きだと思ったよ。はっきりと、本気でね」

「離し……」

「だから帰らせるわけにはいかない。きみのことをもう少し知るまでは」

「話すことなんか、別に」

「ない——わけはないだろう？　好きなこと嫌いなこと、もっとあるはずだ。わたしは、きみに本気だ。本気で、本当のきみのことを知りたいんだ」

「離して下さい！」

見つめられていると苦しくて、腕に指をかけ、思い切り力を込めて引き剝がす。

「帰ります。そんな話をするつもりはありません」

言い置きながら踵を返す。しかしドアのノブに指が触れたと同時に、背後からきつく抱き締められた。

「なっ……」

「逃げるわけか？」

「別に、逃げてなんか」

「じゃあ話を聞かせてくれるかな」

「それとこれとは別です！　あなたにプライベートなことを話す気は……っ」

「隠されるとよけいに気になるよ」

「そんなこと……っ、んっ――」

直後、大きな手に頤《おとがい》を摑まれた。指が、喉をくすぐる。無理矢理に振り向けられたかと思うと、不自然な体勢で口付けられ、和哉は苦しさにきつく眉を寄せた。

「つん…っんん…」

抗《あらが》うつもりで、腰に絡みついた腕に再び指をかける。だが、今度は全く力が入らなかった。

咄嗟に唇を引き結んだつもりが、唇に唇を吸われ、擦られ、むず痒いような刺激に堪らずそこを緩めると、すかさず舌が滑り込んでくる。口内は、すぐにシルヴィオの舌でいっぱいになった。

「つふ……っ」

柔らかで弾力のある肉厚の舌は、まるでそれ自体が意志を持つかのように、和哉の舌に絡みついてきた。

逃げてみてもすぐさま追いつめられ、舌先を舐められたと思えば絡められて吸われ、そのたびに身体から力が抜けていく。

かと思えばその舌はからかうように粘膜をなぞり、堪らない焦れったさを連れてくる。

こめかみが軋《きし》むような快感に、和哉は大きく身悶《もだ》えた。

「つは……っ…ぁ…」

ようやく唇が離れ、大きく喘《あえ》ぐ。だがそれはほんの一瞬のことで、安堵する間もなく再び唇が重ねられる。しかも今度はもっと深くだ。生ぬるく混じる体液を啜《すす》られ、次には無理矢理に飲み込まされ、頭の芯がぼうっと痺《しび》れていくのがわかる。
キスも抱擁もセックスも、決して経験がないわけじゃない。そのはずなのに、まるで子どもの
ようにされるままだ。悔しいのに、嫌なのに身体は全く言うことを聞かず、微かに動く指もただ
縋りついているだけになってしまっている。
「ん…っん――」
腰を抱いていた手が、脇腹をなぞる。服の上からだったはずのそれは、いつしか素肌を滑り始
めている。身を捩《よじ》ってみても腕からは抜け出せず、却って服を乱す羽目になった。
「んんっゃ…やめ…っ」
唇がうなじに流れ、和哉はようやく声を取り戻す。だが、拒絶と制止を示したはずのその声は、
舌足らずで、しっとりと欲に濡れている。その淫《みだ》らさに、耳が熱くなったのが自分でわかった。
「離せ…っ！」
大きく喘ぎながら暴れるが、本格的に両手で抱きしめられてしまえば容易く逃げ出せない。
ただでさえ体格差がある上に、今は普段の半分も力が入らないのだ。肌を這う手を服の上から
止めるのが精一杯で、抵抗にもなっていない。
「っ――！」
そして、長い指が胸元のある一点に触れた瞬間。

びくりと、一際大きく背が撓《しな》った。

怖れを感じるほどの快感の気配に、和哉は大きく抗ったが、指はゆっくりとそこを捏《こ》ね始めた。

「っ……！」

「好きなのかな……？　ここが」

「ちがう…っ」

「でも今までで一番気持ちよさそうだ」

「あ、あッ！」

「固くなってる。見られないのが残念だな」

「ふざ…けるな……っ」

乳首を強く抓《つね》られると同時にうなじに歯を立てられ、背筋にビリビリと痺れが走る。

「離せよ！　こんなことまで許してない……っ」

「本当は、怖がりだね、きみは」

「なっ」

「愛や恋も、嫌いなんじゃなくて怖いんだろう？　だからいつも微笑んでいるか——澄ましてる。周りにバリアを張るみたいにね。でも、さっきみたいな顔を見たら、本当の姿をもっと知りたくなるよ」

「本当も、嘘もない……！　さっさと離っ…ん——ッ！」

「怖がらずに、本当のきみを、素直に見せてごらん」

「っん、んんっ――」

直後、身体をまさぐっていた片手が性器に触れた。変化している身体を確かめるかのようにじわりとそこを握り込まれ、和哉は大きく藻掻《もが》いた。

恥ずかしくて、いたたまれなくなる。

キスされたぐらいで――抱き締められたぐらいで反応した身体が悔しい。乳首への愛撫でこれほど感じてしまった自分が恥ずかしくて堪らない。

そして、彼の前で迂闊にも本音を零した自分の甘さが恥ずかしい。

「…ッ――やめろ……っ！」

精一杯の声を上げ、藻掻く。しかしどうしても拘束から抜け出せない。今頃になって、またワインが回ってくる。

崩れそうになる身体を支えるように壁に縋ると、長い指は直接性器に絡んできた。

「んッ――」

揉み込まれ、扱《しご》かれるたび、湿った荒い息に混じり、クチュクチュと濡れた音が部屋に響く。

腰の奥でうねる快感は、堪えようとしても耐えられない疼きを爪先まで伝え、どれほど唇を噛んでも端から喘ぎが漏れる。

「ぁ…ぁ、あ…――」

「そんな可愛らしい顔もできるんだな」

「あっ、ん、んんっ」

「いつものきみも、今のきみも素敵だよ。抵抗しないで、そのまま身体を預けてごらん」

「あ――ァ！」

「楽になるから――ほら……」

声と共に強く弱く性器を揉まれ、腰が揺れる。

重ねられた唇に吐息で応え、舌に舌を絡めれば、怖がり強張っていた身体がとろける。

「あ…ッ…ァ、あ、ァ……っ」

絶頂の気配に、和哉は大きく首を振った。

羞恥に、涙が零れる。なのに身体は意思に背いて貪欲に快感を欲している。今や自ら腰を揺すっては、濡れた性器を大きな手に擦りつけている。

「や……っあ、ァ――」

「和哉……」

「んっ…い…やだ……ァ、あッ」

「和哉――」

「あ、あ、ああっ――！」

繰り返し、耳元に吹き込まれる名前。

快感と羞恥に揺らされながら、和哉は抑えきれなかった欲望を解放した。

◆

「っ……」

切れた唇に、ワインが染みる。

シルヴィオはその鈍い痛みに顔を顰めながらも、同時に不思議な心地好さを感じつつ、ゆっくりそれを飲み干した。

今開けられているワインは、今夜和哉が用意してくれた二本の値段を足してもまだ買えない高価なものだ。だが、味はあれらより落ちる——そう感じるのは変だろうか。

彼が選んでくれたと思えば、それだけでワインも味を変える。彼がそばにいれば、それだけで全てが素晴らしく感じられる。

好きになっているな、と胸の中で確認すれば、否定の声はどこからも上がらず、だが代わりに苦しさが胸を焼いた。

「恋も愛も嫌い——か」

ぽつんと呟くと、まるでいないかのような静けさで仕事をしていたレオーネが視線を向けてくる。

だが、シルヴィオがグラスを見つめたままでいると、その視線は再び音もなく離れた。

よくできた部下だ——。シルヴィオはもう何度目かの感想を抱く。

だが。

「何もしない」ことすら、彼はごく自然にやってしまう。彼のような部下がいる以上、自分は常に自分の立場を忘れずにいなければと思う。ファミリーを率いる責任をひしひしと感じるのだ。

「……」

はーっと息をつき、再びワインを呷る。また染みたが、この痛みは和哉とのあの時間の記憶だ。達したときの甘い声、いつまでも震えていたしなやかな身体。そのくせ最後まで語られなかった彼自身。

拳で殴られるかと思いきや、反撃は平手だった。敢えて避けずにまともに受けたそれは、いい音がしたが、さほど痛くはなかった。精一杯だっただろうに、殴り慣れていないとすぐにわかる可愛い仕返し。

思い出して、シルヴィオは愛しさに目を細めた。

彼は本当に暴力を好まないのだろう。冷たそうでも、あくまで根は純粋。そう信じられる透明感も、また愛しい理由だ。

最初は、単なる興味だったのに、いつしかこんなに本気になっている。

たびたびオークションで目にしていた東洋人。日本人だと知ったのはニューヨークだ。人づてに、そのとき彼の名前と仕事も知った。

そしてイギリスで再会して、プライドの高さにますます興味を引かれた。

「仕事」で日本を訪れることになり、また会った。縁があると思ったが。あのときは、まだ平気だと思っていた。

年端もいかない頃から、数えられないほどこなしてきた恋の一つだと思っていた。本気でする遊戯。生活を彩るためのゲーム。そう思っていた。

なのに、今日、思いがけず剝き身の彼の欠片に触れて、そして気づかされた。

自分は、自分で思っていた以上に彼のことが好きなのだと。

もっともっと知りたいと、そう思わずにいられないほど好きになっていたのだと。

グラスにワインを注ぎ足せば、花のような芳醇《ほうじゅん》な香りが鼻腔をくすぐる。だが酔えない。酒より深く彼に酔っている。

だから切ない。

好きになった人。だが自分は彼の大切な店を利用している。

彼の全てを暴きたいと望みながら、自分は秘密を抱えている。

「――」

また溜息をつきそうになり、シルヴィオをそれを嚙み殺した。悩むことも惑うことも恋の醍醐《だいご》味《み》だが、それによって弱くなることは許されない。自分は決してそうなってはならない立場の者だと叩き込まれ、そして自覚している。

「レオーネ」

だから代わりに、いつも影のように控える男の名前を呼んだ。すぐさま目の前へやってくるその顔は、自分の悩みまでも既に知っているかのようだ。だが、敢えてシルヴィオは「それ」を口にした。

「和哉のあの店から、人を引き上げさせることはできないのか?」

静かに告げて視線を向けると、忠実な部下は一呼吸置き、「残念ですが」と言った。

「計画どおり、あの店は、青山界隈《かいわい》の骨董店のサロンとなっています。今になってそれを変更させるのは……計画を大きく後退させます」

「どうしても?」

「半年も前から計画していたこと、餌を撒いていたことが無駄になります」

「……そうだな」

シルヴィオは長く溜息をついた。

「家宝を取り戻す」という密命を遂行《すいこう》するにあたり、シルヴィオたちが最も気を遣い、重要視したのは噂や情報だった。捜し物がどこにあるか、誰が持っているかさえわかれば、あとはどうにでもする自信があったからだ。だから、アルドたちの目がアジアに向いているとはっきりした頃から、あちこちに、彼らが食いつきやすい餌を撒いたのだ。

ブローカーを複数雇い、ギャラリーや古美術店といった店をいくつか開き、情報を集めるためにまず情報を撒いた。「あそこにいい店がある」「面白い奴がいる」という噂が広まれば、自然と人が集まり話も集まる。

情報収集のための拠点は大切だ。

だが、シルヴィオの胸は晴れない。

先日訪れるまで、知らなかったのだ。

あの日、勝負の約束をして料理を堪能して食後の珈琲も飲み終えたころ。店内に部下の姿を見つけたときは、その意味を理解して激しく動揺した。

まさかこの和哉の店が、自分たちのプランの重要なポイントになっていたとは。

すると、そんなシルヴィオを見かねたように、レオーネが何事か言いかける。

シルヴィオは笑った。

「お前が言いたいことはわかる。そこまで拘るなら、いっそ取り込んでしまえと思っているんだろう？　いっそこっちの配下にすればと」

「はい。そうすればきっちりと護ることができます」

レオーネは忠実な秘書の顔で言う。さらに続けた。

「今、最も情報が集まるのはあの店です。立地と客層、全て我々の理想に適っていますし、しばらく前から餌を撒いた甲斐もあり、数多の情報が集まっています。店に数時間いるだけで、あの辺りの数日分の動向がわかると言っていいでしょう」

「ああ。だが、彼はそれを知らない」

苦しそうに、シルヴィオは声を絞り出した。

「かといって……あの店をわたしのものにしたくはない。あれは彼の店だ」

「であれば、今のまま全てが終わるのを待つべきかと。中途半端なことをして、もし警察にでも駆け込まれれば非常に面倒です」

「そう……なんだがな……」

そうしていると、ふと視線を感じた。顔を向けるとレオーネがひたと見つめてきている。シルヴィオは自嘲した。

「馬鹿だと思ってるんだろう。人一人のために、積み上げてきた計画をフイにしようとするなんて、と」

「いいえ。嬉しく思っております」

「うん？」

「シルヴィオさまにも、そういう方ができたのかと。ファミリーのことは常にお考えでも、それ以外のことにはあまりご興味を示されませんでしたので……。少々気にしておりました」

「そうかな」

「どなたとのお付き合いも義務のようでしたから」

嫌いな相手はいなかったが、好きな相手もいなかった。追いたいとは思わなかった……今までは」

「はい」

「ところで、叔父上は相変わらず話し合いには応じないか」

「そのようです。なるべく便宜《べんぎ》ははかると、再三呼びかけているのですが」

「となれば……仕方がないのか。和哉に真実を打ち明ける前に、まずは虫の駆除《くじょ》…か……」

「御意《ぎょい》」

「だが、ギリギリまで話し合いの機会は持ちたい。身内を裁けば、内部にも少なくない影響がある。引き続き呼びかけは続けてくれ」

「畏まりました」

深く頭を下げるレオーネから、窓の外へと視線を移すと、シルヴィオは胸の中の和哉の面影に向けて愛の言葉を囁く。

嘘をついている苦しさに、切なく胸を痛めながら。

◆

平日の【ピアチェーレ】は、二十三時クローズだ。和哉《かずや》は明日の予約を確認しながら、今月の、そして夏までの予定の算段をつける。

梅雨が近づけば、どうしても客足が伸び悩む。そこをどう乗り切るかは、経営戦略の練りどころだ。

シルヴィオとの勝負から一週間。和哉は、暇な時間を怖れるように仕事にのめり込んでいた。のめり込もうとしていた。

いつもと違う生活をする——それ自体があの日の、そしてシルヴィオの影響を認めてしまうことだとわかっていても、まるで何かから逃げるように、そうせずにはいられなかった。

他のことは何も考えず、ただ仕事だけをして、夢も見ないほど疲れてしまいたくて。

すると、裏口から戻って来た豊田《とよだ》が寄ってきた。

「ゴミ出し終わりました！　他に何かありますか？」

「ないよ。ありがとう。お疲れさま」

「お疲れさまでした。あ、そうだ」

豊田は、帰りかけていたはずの足を止める。

「そういえば、例の勝負。どうなったんですか？」

「えっ」

予約表を書いていた手が止まる。

顔を向ければ、豊田はにこにこと「勝負ですよ」と繰り返した。

「加々見《かがみ》さんのことだから、まず負けはないだろうと思うんですけど、相手って、前店に来た、あの滅茶苦茶格好いい人ですよね？　相澤《あいざわ》さんが来たとき奥のテーブルで話してた、目の色がちょっと違う……。だから気になっちゃって」

「あ……うん……」

「あの人って、やっぱり俳優さんとかですか？　お忍びで来たとか」

「ち、違うよ。ちょっとした知り合い」

「そうなんですか？　でも、なんか特別っぽい雰囲気でしたよね。加々見さんもいつもと違ってたし」

「え？」

「だって、あんなに長話するの珍しいじゃないですか」

「そ、そうかな」

「そうですよ。まあ、あんな人に話しかけられたら立ち去りにくいですよね。俺も、ちょっと顔見ただけなのに凄いどきどきしましたもん。そういうの全然興味なかったですけど、あの人になら口説かれたいかも——なーんて」

「なっ——」

「あ、違いますよ！　仮にですって。なんかこう、格好いいだけじゃなくてセクシーじゃないですか。男の色気っていうか、大人の余裕っていうか、じっと見られるとくらっとしそうな」

「馬鹿なこと言ってないで……」

「はは。すいません。先週の休みの日が勝負だったんですよね？　どんな感じでした？」

「そんなに大したことじゃないよ」

興味津々という瞳で訊いてくる豊田に対し、和哉はやや圧《お》され気味だ。

あの日、勝負に勝って、グラスを手に入れられると決まったときは、協力してくれた店のスタッフたちにも「ありがとう」の意味を込めてちゃんと経過を報告するつもりだった。

だが、今の和哉にとっては、あまり思い出したくないことだ。

嬉しいことなのに、勝負のことを思い返せばシルヴィオのことを想わないわけにはいかず、そうすればその後の全てのことも思い出してしまうから。

そして、全てを思い出せば、自分の気持ちも認めざるをえなくなってしまいそうで。

しかし、事情を知るよしもない豊田は、和哉のあっさりとした答ではやはり不満らしい。

「えー」とブーイングの素振りを見せた。

「じゃあ、勝ち負けだけでも教えて下さいよ。——勝ちましたよね？」

「うん。勝ったよ。みんなのおかげで……」

「っし！　あれ？　じゃあ、そのグラスは？　俺も見てみたいって思ってるんですけど」

「いや……それは……」

「貰《もら》って帰らなかったんですか？」

グラスを賭けた勝負に勝ったにも拘《かか》わらず、それをまだ手にしていないことを訝《いぶか》しく感じているのだろう。豊田は不思議そうな顔で首を傾げている。

仕方なく、和哉は取り繕《つくろ》うように笑った。

「まあ——ちょっと理由があってね。でも大丈夫だよ。そのうち貰ってくるから」

「はあ……」

「うん。じゃあ、お疲れさま。明日も頑張ろうね」

「あ、はい。お疲れさま……でした」

そして、豊田に内心「ごめん」と謝りつつ、無理に話を打ち切る。

また一人きりになった事務所で、和哉は長く息をついた。

（やっぱり、まだ混乱してる……）

あの日のことを思い出すと、胸の中がかきむしられるようだ。

気にしないようにしようと思えば思うほどシルヴィオの面影が胸を過《よ》ぎり、切ないような気持ちに苦しめられている。

彼の声、温もり、そんな、忘れたいのに忘れられないものたち。

『本当のきみを見せてごらん――』

蘇《よみがえ》る声は、今まで耳にしたどんな声よりも優しい。

その優しさが怖くて何度も打ち消すのに、声は耳の奥に残り続け、和哉を捕まえて離さない。

もしかしたら、彼なら何もかもを受け止めてくれるかもしれないと、淡い希望を抱かせるほどに。

『嫌いなんじゃなくて――怖いんだろう？』

耳の奥の声を払うように、和哉は仕事を再開する。

本当も嘘もない。

怖くない。

もしそうだったとしても、彼に見せる気はない。あんな、顔を合わせるたびに人をからかって遊ぶ男に、弱みは見せたくない。

本気だと言っていても、それが本当の本気なのか和哉には知る術《すべ》もない。

そんなあやふやなものに、自分を委《ゆだ》ねられない。

(怖がり、か……)

シルヴィオの言葉が。また一つ胸に蘇る。

彼にはどうしてわかってしまうのだろう?

(そんな風にされたら……本当に好きになるじゃないか……)

考えていると、そのとき、裏口に軽いノックの音がした。

全身に緊張が走る。

恐る恐るドアに近づき、気配を窺《うかが》うと、声がした。

「こんばんは」

静かな、穏やかな、柔らかく胸の中を撫《な》でるような声に、一瞬で全身が熱を孕《はら》む。

特別大きな声ではないのに、その声は扉一枚を隔てていても、きちんとこちらへ届いてくる。

不意のことにすぐに返事ができず言葉を探していると、続けて、いつもと同じゆったりと優しい声が続く。

「グラスを持ってきたんだ。忙しくてなかなか来られなかったけれど、この間の、ワインのお礼に」

その刹那《せつな》、和哉の頬に朱《しゅ》が差した。

「この間」――。

ただでさえ思い出していたことが、一層鮮やかに蘇ってくる。

「……開けてはもらえないのかな」

そしてシルヴィオのその一言を機に、沈黙が、ゆっくりと全身を包んだ。

彼が来た嬉しさと恥ずかしさ。そして、自分を変えようとしている男への恐怖が、胸の中でぐるぐる混じり合い、声を出すことも動くこともできなくなる。

ドアノブを見つめたまま、和哉は唇を嚙《か》んだ。

また想いの狭間《はざま》で、無様に動けなくなっている。

この場所から立ち去れないことが、もう答。

あんなことがあったのに、彼を心底嫌えないことが、もう答。

自分の素直な気持ち。

そんなことわかっているのに、その答を受け入れることが怖くて動けない。

ドアが開けられない。

自分の気持ちを認めることが怖くて、やっとノブに手をかけても、それを動かすことができない。

どのくらい経っただろうか。

永遠にも思える数十秒が過ぎると、ドアに、何かが触れる音がした。

「——開けてくれないか、和哉。顔が見たいんだ」

静寂に、シルヴィオの声が響く。

「グラスを渡して——顔が見たい。それだけだ。……開けてくれ、和哉」

胸が引き絞られるほどの切ない声に、指先が反応する。

そっとノブを回し、ドアを開けると、一番会いたくて、一番会いたくない男が立っていた。

「和哉……」

声が、胸を揺さぶる。

その瞬間、和哉は叫んでいた。

「どうしてこの間、あんなこと……!」

叫んで見つめると、再び声が届く。

「きみが隠しているものを、知りたかったからだ。心の中まで知りたくなったからだよ。それから、抱き締めたかったから。口付けたかったから。愛しくて堪《たま》らなくなったから」

「真剣に聞いてるんです! からかわないで下さい……!」

「真剣だよ。からかってなんかいない」

「だって……いつも……」

和哉は口籠《ごも》ると、大きく顔を歪《ゆが》めた。

悔しくて、悔しくて堪らなくなる。

自分ばかりがいつも翻弄されて、悩まされて。シルヴィオは涼しい顔なのに、自分だけが惑わされて。

「いつも、そうだったじゃないですか。余裕たっぷりで、僕のことなんか子ども扱いで。面白がってるだけでしょう? 今だって……」

「からかったこともある。それは認めるよ。背伸びしている様子が可愛らしくて、つい構いたくなった。けれど、今もそれだけかと言われれば、それは違う」

「そんなの……」

「もっときみを知りたいと思ってる。きみの、色んなことを。きみのことが愛しいよ」

「嘘だ……」

「嘘じゃない。好きだと言っただろう。今でもそのとおりだ。きみのことが——好きだ」

告白に、全身が震える。

しかし嬉しいはずのそれは、同じくらいの混乱を連れてくる。

「どうして、そんなことを言うんですか……」

喘《あえ》ぐようにして息を継ぐ。喉元にこみ上げてくる言葉があった。同時に、耳の奥で「言うな」と引き止める声がしたけれど、でも止まらなかった。

「僕は……あなたのことがわからない……」

言った途端、後悔と悔しさが全身を苛《さいな》んだ。

「わからない」と口にすることは、「わかりたいのに」と言ってるも同じだ。

知りたくて、わかりたくて、それなのに「わからない」から悔しい。そして、それを口に出してしまったことが二重に悔しかった。

あなたのことが知りたい、と、彼の前に膝をついて乞うているも同じような気がして。

あなたは特別だと、胸の内側をさらけ出してしまっている気がして。

すると、そうして惑い、うちひしがれている和哉の心中が見えているかのように、一層優しい声がした。

「わからないなら、これから知ってくれればいい。知ってほしいよ、わたしのことも。きみのことをどれだけ好きか」

潜《ひそ》めた囁きと共にそっと頬に口付けられ、和哉は真っ赤になる。

「な、何もしないって……」

「これぐらいは、何かしたうちに入らないよ。まったく、きみは興味深いな。妙なところでうぶだ」

「あなたほどすれてないんです！」

子どものようだとからかわれているようで思わず言い返すと、シルヴィオはそれさえ楽しむように笑う。

そして、不意に優しく見つめてきた。

「なら、二人の仲を深めるためにも、今度の休み、一緒に出かけないか」

「え……」

「きみと行きたいところがある。家に迎えに行くよ。――いいね」

「ちょっと待って下さい！　そんな…強引に」

「初デート、楽しみにしてるよ」

一体何を言っているのかと絶句すると、シルヴィオは約束に念を押すかのように柔らかく微笑む。

そして、動けないままの和哉の頰に再び口付けると、耳元で「約束したよ」と甘く囁く。

靴音が遠ざかったしばらく後。和哉は魔法から解けたように大きく息をついた。

震える指で、そっと頰に触れる。

グラスを渡して、顔を見るだけ——。

シルヴィオの言葉は全くの嘘になったが、和哉はその嘘を堪らなく幸せに感じる自分を認めていた。


「どうぞ、ご覧になって下さいね」

そして、約束の休日。

和哉はシルヴィオと共に、横浜《よこはま》の山手《やまて》の屋敷を訪れていた。

出迎えてくれたのは、花の香りと、おっとりとした口調の上品そうな老婦人だ。

誘ってきたシルヴィオの話によれば、屋敷そのものを含め、調度の数々が全て売りに出されているらしい。

来ている人たちは、和哉たちを入れても二、三十人というところだろうか。どうやら、亡くなった屋敷の主が生前付き合いのあった人たちや、その連れのようだ。

そのためか年配者が多く、過去和哉が参加したオークションとは少し違った和やかな雰囲気で、いたるところに人の輪ができ、話に花が咲いている。

プロの美術商らしい真剣な目つきの人も何人か混じっているが、麗《うら》らかな気候と花盛りの庭のせいもあり、全体的に穏やかな空気だ。

故人のコレクションを眺め、彼を偲《しの》びつつ、気が向けばそれを手元に……という趣旨だろう。

屋敷は、広さもさることながら、造りつけの暖炉《だんろ》やステンドグラス、開放的な大きな窓が印象的で、さながら昔の華族の洋館といった風情だ。地下にはセラーもあるらしく、稀少《きしょう》ワインの銘柄について話している人もいた。

(贅沢《ぜいたく》な時間だな……)

眼福《がんぷく》という言葉を実感しながら、和哉は、壁を飾っている絵の一つ一つや燭台、いくつものオルゴールや時計といった品々を眺める。

ゆっくりゆっくり、この時間を楽しむように屋敷内を巡っていると、

「どうかな。気に入ったものはあった？」

案内してくれていたシルヴィオが、窺うようにして顔を寄せてきた。

今日の彼は、初夏らしい爽《さわ》やかな格好だ。袖を捲った麻のシャツは、よく似合い、相変わらずこの場にいる人たちの視線を独占している。

和哉は、まだ慣れない接近に微《かす》かに頬を染めつつ、小さく頷いた。

「燭台のいくつかは店にも合いそうでしたし、あとで入札してみようかと思っています。でも……見事なコレクションですね、全部――どれも」

「亡くなられたご主人は、趣味のいい方で有名だったからね。元はわたしの母の知り合いなんだ」

「そうなんですか……」

「ああ。でも楽しそうでよかった。きみなら、こういうのも好きじゃないかと思って誘ったんだが、やっぱり少し不安でね」

柔らかく微笑まれ、切なく胸が疼《うず》く。

和哉は、きっと赤くなっているに違いない自分を見られたくなくて、庭を見る素振りで顔を逸《そ》らした。

「ちっとも不安そうに見えませんけど」

「そうかな。初めてのデートともなれば、さすがにわたしも緊張するよ。ほら、手もこんなに震えてる」

「っ――」

声と共にさっと手を取られ、ふざけるようにぎゅっと握られる。和哉は、慌ててそれを振り払った。

「どこがですか。それに、誘うときだって強引だったくせに」

「無理強《じ》いしたかな?」

人前で触れ合う恥ずかしさに、和哉はことさら強い口調で言う。すると、途端に顔を覗き込まれ、言葉に詰まった。

相変わらずどこかからかわれているようでもあり、けれどその瞳の中には本当に不安そうな翳《かげ》もあるから、見つめられれば戸惑ってしまう。

もう少し素直になったほうが、と自分でもわかっているのだが、今まで振り回されてきた悔しい思いがあるためか、なかなかそうもいかない。

「別に、無理強いされたとは思ってません」

和哉は再び顔を逸らすと、途切れがちに呟く。

「そう？」

「来たくなかったら、来ませんから。だからそんな気を遣わないで下さい。どうしてそんなに……」

「気を遣ってるわけじゃない。でも、好きな相手の反応は気になる。普通だろう」

「今までは、その反応を楽しんでたくせに」

「それを言われるとわたしも辛いな」

困ったように言うと、シルヴィオは小さく肩を竦《すく》めた。

見つめてくる瞳は、温かで慈《いつく》しみに満ちている――ように見える。

けれど、それを信じていいのかがわからない。

随分長く、愛や恋といった、気持ちが揺れることを避けてきたためだろう。いざそれを前にすると、ただ怖れて立ち竦んでしまう自分がいる。

『嫌いなんじゃなくて――怖いんだろう？』

声が、また耳の奥で蘇る。

怖いと正直に言えば、彼は導いてくれるだろうか。

愛してると言ってくれたことを信じて、もっと素直になれば。

勝ち負けなど考えず、ただありのままに気持ちを表せば。

けれど、どうしてもそうすることには抵抗があった。

同じ男だからなのか、彼へ全てを晒《さら》して委ねることは、彼に負けることのような気がしてしまう。

(今更意地を張っても仕方ないのに……)

嫌と言うほどわかっているけれど、それでも素直になれない。素直になることが怖い。

そんな、頑《かたくな》な自分が嫌で、和哉はシルヴィオの目を避けるようにして庭へ出た。

こんな、らしくなく悩んでいる今の自分を見られたくない。

そう思いながら花の咲く庭を散策していると、誰かがシルヴィオの名を呼んだ。女性の、柔らかな声だった。

和哉は、引き止められて言葉を交わしているシルヴィオをそのままに、ゆっくりと足を進める。

広さではさすがに負けるが、ここの庭も、あの古城に負けず綺麗《きれい》だ。

見とれながら、いつしか奥へ奥へと足を進める。シルヴィオは、まだやって来ない。

一人きりになると、やっと緊張がとける反面、とても寂しい気もして、和哉は長く息をついた。

一緒にいると、気になってしまってどきどきして落ちつけないのに、一緒にいないと胸の中にぽっかりと穴が空いたように心細くなる。

顔を見るとどきどきして自分が自分じゃなくなりそうで、だからいっそどこかへ行ってほしいと思うこともあるのに、いなくなればどうしてそばにいないのかと怒りたくなる。

自分でも知らなかった感情が次々と胸に湧き、混じり、くっついては離れ、離れてはまた混じり、万華鏡《まんげきょう》のように次々変化して、自分のことなのに自分がわからなくなる。

そして何より困るのは——そんな混乱が決して嫌ではないということだ。

むしろどんなドルチェよりも甘く、幸せな気分にしてくれる。

(恋……か……)

胸の中で呟くと、和哉は僅《わず》かに目元を染めながら、熱い溜息をついた。

口ではなんと言ってみても、自分はやはりシルヴィオに恋をしてしまっているのだ。

混乱する自分すら幸せだと思える、そんな恋を。

「仕事のほうがだいぶ楽だな」

比べても仕方がないとは思いつつも、つい比べてしまう。

苦笑していると、背後から足音がした。

振り向けば、話を終え、和哉を探していたらしいシルヴィオがほっとした笑みを見せた。

「どこに消えたかと思ったよ」

微苦笑で近づいてきた貌《かお》を見れば、額にはうっすら汗が浮いている。

息も乱れているその様子に、和哉の胸は甘苦しく軋《きし》んだ。

(探してたんだ……)

そう思うと、押し殺そうとしていた愛情が、一気に萌芽《ほうが》し、みるみる胸中に広がってゆく。

「……和哉？」

すぐそばで声がする。

けれど、抱えられないほどの嬉しさが全身に溢《あふ》れ、喉も塞《ふさ》ぐほどの幸福に、声が出ない。

目を逸らして俯《うつむ》くと、背中にそっと手が添えられた。

「おいで、和哉。ちょっとこっちに」

優しく諭《さと》す声に従うと、人気のない庭の片隅でシルヴィオは足を止める。

くしゃっと髪を撫でられた。

柔らかく、まるで割れやすいグラスを撫でるように何度も髪を梳《す》かれれば、全身からゆっくりと力が抜けてゆく。

心地好さにそっと溜息をつき、見上げれば、微笑んでいる瞳が見つめてきていた。

髪を撫でていた手が、頬に滑る。頤《おとがい》を掬《すく》われ、そっと口付けられた。

啄《ついば》むような軽いキスは、微かな音を立てて唇に触れるたび、和哉の頑さを解いてゆく。

そのまま抱き締められても、和哉は抵抗しなかった。

「和哉は、何が不安なんだい？」

広い胸と逞《たくま》しい腕の中。されるままに体温と心音に包まれていると、囁きが耳殻《じかく》に触れた。

とくんと、また胸が鳴る。ぎゅっとしがみつくと、続けて声が降る。

「気になることがあれば、なんでも話してくれ。必ずなんとかしよう。どんな小さなことでも、迷いや不安があるなら」

「……」

「順序立てて話そうなんてしなくても、思ったままを口にしてくれればいい。意地を張ったままでも構わない。きみのことなら、どんなことでも知りたいんだ」

抱き締めてくる腕に、ゆっくり力が籠る。

その息苦しささえ心地好く、だから何も言えなくなる。

「それとも、わたしのことはまだ……信じられないか?」

しかし次に聞こえた言葉に、和哉は大きく頭を振った。

「そんなわけじゃありません。ただ、僕は——」

見つめて口を開いた瞬間、近くからザッと地を擦る音がした。

(人が——)

慌てて和哉は身を離す。見れば、そこには小柄な外国人の男が立っていた。

驚いた顔だ。今の抱擁は、しっかり見られてしまったということだろう。

恥ずかしさに身の置きどころがなく、早く立ち去ろうとシルヴィオに向いたときだった。

「え……」

目に映ったその表情に、和哉は身震いした。

「ダンターニ……」

そう呟いたシルヴィオの貌は見たこともないほど険しく固く、そして、視線はぞっとするほど冷たかったのだ。

睨むという言葉さえ生ぬるいほどの双眸《そうぼう》で男を見据え、きつく奥歯を噛み締めている。

そばにいる和哉のほうが戦《おのの》くばかりだが、ダンターニと呼ばれた当の男は、たじろぎつつも僅かに口の端を歪めた。

「これはこれは――。シルヴィオさまとこんなところでお会いするとは。そちらは確か、東京《とうきょう》のほうでレストランをなさってる方……でしたか」

「え……」

どうして、と和哉は目を瞬いた。

しかし、そう言われて改めてじっと見れば、朧《おぼろ》げに見覚えがある気もする。仕事柄、顔を覚えるのは得意だ。習慣にもなっている。

ややあって、一人の男の顔を思い出した。

「もしかして、写真を持ってた……」

言いながら、確認するように視線で問うと、男はすっと目を細める。

やはりと思ったが、男は「いいえ」と首を振った。

「写真というのはなんのことだか。ですが、店には何度か行きましたよ。偶然ですなあ。いやいや。まったく――なるほどそういうことでしたか」

和哉からシルヴィオに視線を移し、意味深に言葉を重ねる男に対し、シルヴィオは刺すような視線を向けたままだ。

男が親しげに振る舞おうとすればするほど、シルヴィオはますます忌々しそうに顔を顰《しか》める。

挨拶をすることも、口を開くこともしない様子に、和哉もさすがに変だと気づく。

「あの……もしかして、僕がいないほうがいいなら……」

そう言って離れようとすると、男は首を振った。

「いえいえ。どうぞそのまま。いや、それにしてもお二人がそういう仲だとは――」

「黙れ！」

しかし、男が和哉に向けて話を続けようとした瞬間、それを遮る鋭い声が空気を裂いた。

別人のような声音《こわね》に、和哉は息を飲む。

いつもの、穏やかな、どこか人間離れしているほどの余裕は今やどこにもなく、凍るように冷たく、燃えるように激しい敵意が剝《む》き出しになっている。

「……シルヴィオ……？」

恐怖を感じながら、和哉はそろそろと声を上げた。

二人がどういう関係なのかはわからないが、シルヴィオがこの男を嫌っていることは間違いない。

確かにあまり感じのよくない男だが、こんなに、彼らしくないほど嫌悪感を露《あらわ》にするとは、何か特別な事情でもあるのだろうか。

だが、そっと窺ってても怒りの理由までは察せられない。

そうしていると、再び男が口を開いた。

「そう邪魔になさらずとも。すぐに退散いたしますよ」

「今すぐ失《う》せろ。二度と近づくな！」

「さて……それはお約束できかねます。彼のことも、シルヴィオさま次第としか」

「なんだと⁉」

「つまり、『お互い、見逃す』ということで……いかがでしょう？」

「貴様——」

「シルヴィオ！」

今にも摑みかからんばかりの剣幕に、和哉は慌てて割って入った。何がなんだかわからない。あのシルヴィオがどうしてこんなに血相を変えるのか。

見つめると、ゆっくりと視線が絡む。

どこか痛みを堪《こら》えているかのようなその視線は、はっとするほど胸に刺さる。

（一体——）

何が彼をそんなに苦しめているのか。

瞳を覗き込むと、それを嗤《わら》うように、男から
「後悔なさいませんように」

と、含みのある声が届く。

「——！」

今度は和哉のほうが先に反応したが、言い返す前に「帰ろう」と、シルヴィオの低い声がした。

「帰ろう。すまない……嫌なところを見せて」

そして、まるで護《まも》るように和哉の肩を抱いて歩き始めるシルヴィオは、後ろを振り向く素振りもない。

一人、和哉だけはどうしても気になってちらと背後を窺えば、こちらを見ながら携帯電話を取り出す男の姿が見えた。

その後、二人は屋敷を後にすると、気分を晴らすように食事に向かった。

訪れたのは、洒落《しゃれ》たフランス料理店。味も雰囲気も悪くなかったが、食事中も和哉の頭を占めていたのは先刻の屋敷でのことだった。

和哉のほうから水を向けることは憚《はばか》られ、いつシルヴィオが話してくれるかばかりを気にしていたのだが、彼は話の欠片も口にしようとはしない。

わざととしか思えない避け方に耐えられず、和哉はとうとうレストランの駐車場で、車に乗り込む前にシルヴィオに尋ねた。

「シルヴィオ」

「ん？」

「さっきのあの男の人とは、どういう関係なんですか？」

真っ直ぐに見上げ、ストレートに尋ねる。

しかし、帰ってきたのは不自然なほど綺麗な微笑だった。

「なんでもないよ」

「そんなわけないでしょう。あんなに声を荒げて。全然あなたらしくなかった……」

「知人だ。ただ、少したちの悪い相手だから……あまりきみを近づけたくなくてね」

声音も、まるで書かれた台詞を読んでいるかのような整いすぎた抑揚《よくよう》だ。

和哉は、一歩詰め寄った。

「それだけですか？」

「どういう意味かな」

「何か、隠してることがあるんじゃないですか？」

「別に――」

揺れる声に、やはり何か変だと察したそのとき、和哉の携帯が鳴った。

「あ……」

「どうぞ。出たらいい」

「……すいません」

話の腰を折られたことに顔を顰めつつ、携帯を取り出す。見れば、相澤からだ。通話ボタンを押すと、焦り声が聞こえてきた。

『もしもし、俺だ。今どこだ!? すぐ店に来られるか』

「え、う、うん。今横浜のほうなんだけど……どうしたの？」

切迫した声に、和哉の声も上擦る。

何があったのかと受話器をしっかり持ち直すと、大きな溜息混じりの声が届いた。

『店が荒らされた』

「えっ!?」

『今、堺《さかい》も呼んでる。事務所も荒らされてるんだが、金より何より、店が滅茶苦茶にされてる』

「店が……？」

声が震える。

思ってもいなかったことに、どうして、と、頭の中で同じ言葉ばかりが回っていた。

大切に作ってきた場所。大切に守ってきた店。それがどうして——。

『横浜からなら…一時間くらいで来られるか。一人か？』

「い、いや…知り合いと…なんだけど……」

『わかった。なら——なるべく早く来い。俺も今着いたばかりなんだが、警察が話を聞きたがってるし、明日からのことも話す必要がある。しばらく閉めることになりそうだ』

(閉める……)

呆然と通話を終えると、がくりと膝が崩れた。

「危ない！」

支えてくれたのは、シルヴィオの腕だ。思わず縋《すが》ると、不安そうな顔が見つめてきた。

「聞くつもりはなかったんだが……店に、何かあったのか？」

「荒らされて…滅茶苦茶にされたみたいで……」

ようようそれだけを絞り出すと、端整な貌が大きく歪む。まるで、自身の身を削《そ》がれたかのような表情だ。和哉の胸も、一層痛みを増した。

だが、ここでじっとしているわけにもいかない。

なんとか自力で立つと、和哉はシルヴィオに向けて深く頭を下げた。

「すいません、今日はここで失礼します。店に戻らないと……」

「送ろう。早く乗れ」

「でも――」

「いいから乗れ！　急ぐんだろう!?」

そして二人で車に乗り込むと、一路【ピアチェーレ】へ向かう。

車中、和哉の頭の中は悪い想像ばかりが駆け巡っていた。

（荒らされるなんて）

一体いつ、そんな恨みを買っていたのか。

いっそ、ただの事務所荒らしであってくれれば……。

いつしか、深く俯いたまま顔を上げられずにいると、信号で止まったとき、膝の上に置いている手に大きな手がそっと重ねられた。

励まそうとしてくれるその手が、そして間近から見つめてくる眼差しが、胸に染みる。

（彼がいてくれて、よかった……）

和哉はその手を両手で包むと、縋るようにぎゅっと握り締めた。

そして約一時間後。途中、相澤と電話でやりとりをしながら店に着いてみれば、そこは想像以上の惨状だった。

「酷い……」

事務所の引き出しやロッカーが全てひっくり返されていたこともだが、フロアの有様が一番酷かった。

「っ……」

一つ一つ、慈しんで集めたグラスや食器の大半は割り散らされ、フロアの雰囲気に合うようにと季節ごとに選んだ花や観葉植物は全てひっくり返され、床に踏みつけられている。

クリーニングに出してきちんと片づけていたはずのクロス類もぐしゃぐしゃにされて床に放られ、その上には数えられないほどの靴跡が残されていた。

壁のあちこちにある染みは、セラーから持ち出されたワインのものだろう。ざっと見ただけで十本以上の瓶が割られ、そこここにガラスが飛び散っている。

空中庭園へと続く窓には、どぎつい赤のスプレーで『イタリアより愛を込めて』と伊《イタリア》語の落書きが残されていた。

「なんで……」

あまりの光景に、それ以上の声が出ない。周りには沢山の人がいるとわかっていても、涙が出そうだった。握り締めた拳《こぶし》が、小刻みに震える。

惨状を見続けていることができず、和哉は店内から事務所に引き返す。

堪らずにデスクを殴りつけると、側《そば》にいたシルヴィオに強くその手を摑まれた。

「和哉！　駄目だ！」

「だって！　だっ……――」

悔しさと悲しさに、嗚咽《おえつ》がこみ上げる。

ヒクッと大きく喘ぐように喉を震わせると、胸の中に抱き寄せられた。

「気持ちはわかるが、自分を傷つけるようなまねをするな。どうしても抑えられない苛立ちなら、わたしにぶつけろ」

そしてきつく抱き締められれば、堪《こら》えていた涙の堰《せき》が切れる。次々目に浮かぶ涙を拭《ぬぐ》うように自ら彼の胸に顔を埋めると、宥《なだ》めるように何度も背を撫でられた。

憤《いきどお》りや悲しみを取り去ろうとするかのような優しい、温かな大きな手。

それでも、店の様子を思い出せば胸は痛み続けている。

「警察はなんと？」

ややあって、頭上から声が聞こえた。全身に響くようなそれは、警察との話を一旦切り上げた相澤に向けられたもののようだ。

初対面のはずの二人だが、到着までの車中、和哉が、シルヴィオには相澤のことを、相澤にはシルヴィオのことを説明しておいたためか、二人とも目礼《もくれい》だけでそれなりに話をしている。

和哉もようやく落ちつき、息を整えると、相澤の答を聞こうと顔を上げる。

次いで、抱き締められたままの自分の有様に気づくと「あっ」と慌ててシルヴィオの腕の中から離れた。

幼子《おさなご》のように宥められたと思うと、恥ずかしくて堪らない。しかし慌てる間もなく、相澤の声がした。

「俺に連絡があったのも、さっきだ。二時間くらい前か。お前に電話した直前だな。店が休みなのに物音がする、ってこのビルの警備会社に通報があって、駆けつけたら……って感じだな。時間については、警察のほうで防犯ビデオの確認もしてくれるらしいから、おいおいはっきりするだろう。ただ……」

「ただ？」

和哉が尋ねると、相澤は顔を顰め、店に向けて顎《あご》をしゃくった。

「警察の話だと、どうもプロの仕事らしい」

「プロ⁉」

「ああ。しかも物取りじゃなくて荒らすほうのな。盗みに入って、盗《と》るものがないから店を荒らしたというわけではないらしい。金も盗られてるが、むしろそっちがついでだろうと言ってたよ。まだ詳しくはわからないんだろうが」

聞いていると、どんどん暗い気持ちが胸を覆う。和哉は、唇を噛んで俯いた。

ただの事務所荒らしであればと思ったのに。

（二時間くらい前に邦彦《くにひこ》に連絡があったってことは、僕たちが食事をしてたときに荒らされてたわけか……）

どうにもならなかったこととはいえ、惨状を思い出すと胸が痛い。

するとと、大きな声と共に遅れて堺が飛び込んできた。ほぼ同時に、警察から三人が呼ばれる。

「すまん！　遅くなって！」

シルヴィオは席を外してくれるらしく、軽く手を挙げて事務所を出て行った。

そういえば、相澤の話の最中は、彼もみるみる表情が固くなっていたように思う。

店に来てくれたのは一度だが、気に入ってくれていたから彼も胸を痛めているのだろうか。

そう思うと、ここまで送ってくれたことも含め、その優しさにじんわりと胸が熱くなった。

そして、警察の聴取も終わり、これからのことについてもひとまず話を終えると、和哉はシルヴィオを探した。

三人で話した結果、店は「改装中」ということでしばらく休むことにした。壁紙まで貼り直さなければならないとなれば、どうしてもそれぐらい時間がかかるし、お客の安全を守りたい気持ちもあった。

嫌がらせなどに屈するのは嫌だったが、もし開店中に何か起これば、来てくれていたお客まで巻き込むことになってしまう。それを避けるためには、少し落ちつくまで店を閉めるべきだろうということになったのだ。

警察は、ビデオの解析が進めばまた連絡すると言っていた。こうなれば、早く犯人が捕まるように祈るしかない。

「はあ……」

和哉は長く溜息をついた。

まさかこんな形で、一時的にとはいえ店から離れなければならなくなるとは思っていなかった。

悔しくて堪らない。

大切な場所だからこそ、誠実に経営してきたつもりだが、どこかで逆恨みでも受けていたのだろうか。

そうしていると、視線の先、フロアの奥まった場所に、シルヴィオらしき広い背が見えた。携帯で電話中のようだが、終わればすぐに話しかけようと構わず近づく。

しかし、声が聞こえるほどの距離になったとき、和哉の足は止まった。

シルヴィオも熱くなっているのだろう。母国語で、いつになく声が大きく、そして荒い。

「いいか、大至急だ。時間的にも、ダンターニが指示したに違いない。急いで調べろ」

「ああ。わたしもすぐに戻る。……あの男、ばったり会ったときから嫌な予感はしたが、まさかこう早く動くとは思ってなかったな……。しかもよりによって和哉の店に手を出してくるとは……」

「それから、人を回せ。三人以上を和哉につけろ。なんとか保護するつもりだが、説得するまでも警備が必要だろう」

(ダンターニ？　指示？　警備？)

ネイティブの早口ではさすがに全てを聞きとることは無理だったが、一際強く発せられた単語だけは耳に入ってくる。そして、自分の名前も。

「……シルヴィオ?」

気づけば、声が出ていた。和哉の目に、携帯を持ったまま瞠目《どうもく》するシルヴィオの姿が映る。明らかに、彼は動揺していた。

「和哉……」

「今、何を話してたんですか……?」

まさかと思いながら、和哉は尋ねた。

(彼は関係ない)

そのはずなのに、胸騒ぎがする。

数時間前の、あの屋敷での彼の様子が、そして彼と対していた男の様子が次々脳裏を過ぎるたび、疑念の澱《おり》が胸に溜まってゆく。

「シルヴィオ?」

「……なんでもない」

「『ダンターニ』っていうのは、横浜の屋敷で会ったあの男のことですよね」

「和哉、その話は……」

上擦ったような声に、一層訝しさが募《つの》る。

去り際に見た、電話していた男の姿。窓に書かれた『イタリアより愛を込めて』のメッセージ。

あれは、単に【ピアチェーレ】がイタリア料理店だからだと思っていた。けれど、もし他の意味があるなら。

イタリアと愛に関わる、他の何かを示しているなら。

「シルヴィオ、何か知っているなら話して下さい！」

和哉は、畳みかけるように夢中で尋ねた。手がかりを知っているなら、ほんの少しでも教えてほしい。

だが、答えはすぐにない。もどかしさに目の前の長身に縋りつく。

服を摑んで揺さぶっても、答は返らないままだ。

「なんとか言って下さい！　何か知ってるんでしょう!?」

「……っ」

「何も知らないなら知らないと——それだけでも……！」

むしろそうであってほしいと、心から願いながら問い続ける。

しかし、待っても声はない。

「……どういうことですか……？」

虚《うつ》ろに問うと、シルヴィオはきつく眉を寄せた。

これ以上尋ねてはいけないと、胸の中で制止の声が響く。だが一度湧いた疑念は、皮肉にも彼を信じたいと思っていたがゆえになお強くなっていく。

「シルヴィオ！」

胸元を摑んで声を上げると、シルヴィオは天を仰いだ。

悔恨の貌で唇を噛み締めたかと思うと、やがて、長い溜息が零《こぼ》れる。

ゆっくりと視線が絡む。胸元に縋っていた手に手が触れたかと思うと、それをそっと取られる。二度三度、何かに踏ん切りをつけるかのように瞬きをすると、シルヴィオは悲しげな苦笑を見せた。

「今は、きみの聡明さが酷だな」

ぽつりと呟くと、再び唇を噛む。

そして、言いかけてやめる素振りを見せた後、今度こそ意を決したように口を開いた。

「店を襲ったのは……その指示をしたのは、おそらくダンターニだ。あいつがやらせたんだろう」

「どうして、わかるんですか」

「きみがわたしの恋人だと——大切な人だと知られてしまったからだ。そしておそらくは、しばらく店を使えないようにするためにもだろう」

苦味を感じる声音で言うと、シルヴィオはまた唇を噛む。

手荒く髪をかき上げると、溜息をついた。

「わたしが迂闊《うかつ》だった。そのせいで、きみとこの店を巻き込むことになった……。すまない……」

苦渋の表情で言うシルヴィオに、胸がキリキリと軋む。

けれど、それでも聞かされたのは断片だ。和哉は、とけないわだかまりを抱えたまま口を開く。

「あなたと、あの人の仲が悪いことはわかりました。でも、だからってどうして僕の店にあんな乱暴な嫌がらせを？　そんなやり方、まるでヤクザだ！」

「ヤクザ……？」

「ええ！　イタリアなら、さしずめマフィアですか⁉」

吐き捨てるようにそう口にした直後。和哉は息が止まった。

視線の先には、恋人。

けれどその恋人は、見たこともない寂しげな笑みを浮かべている。

その顔は、まるでこの事件の全てを物語っているようで、和哉は息を継ぐことさえ忘れ、シルヴィオに見入った。

「まさか」という思いが身体中を巡る。

まさかそんなはずはない。そんな馬鹿な——。そう、笑い飛ばしたい。

だが、切なく見つめてくるシルヴィオの貌には、唯一の答が示されているように見える。

「シルヴィオ……？　あなたは……」

和哉は、震える唇でそれだけを紡ぐ。

そして待てば、綺麗で滑《なめ》らかな——そして悲しいほど優しい恋人の声がした。

「わたしはわたしだ。シルヴィオ＝マルコーニ。それ以上でもそれ以外でもなくて……きみのことをとても愛してる、一人の男だ」

「……」

「但し——場合によっては色んな肩書きがつくものでね。リゾートホテルのオーナーだったり『シーヴィーナス』をはじめとした客船を保有する海運会社の社長であったり。そして一番重たいものが、マルコーニファミリーの跡継ぎ……」

「マルコーニファミリー……」

「そう。きみが言った、マフィアだ。尤《もっと》も、進んで命のやりとりをするほど時代遅れではないつもりだし、きみたちが想像するものよりは少し穏健《おんけん》なつもりだけれど――間違いなくマフィアだよ。そしてわたしはその跡継ぎとして、ずっと育てられてきた……」

淡々とした口調は、それが違えようのない真実だと伝えてくる。

「わたしはそういう男だ」

和哉は、瞬きすら忘れたかのように、ただじっと立ち竦んだままシルヴィオを見つめた。

真実が明かされてゆく。なのにまだ信じたくなくて。

「全部嘘だよ」と、いつか彼がそう笑うのではないかと思いたくて。

だが、待ってもそれは訪れない。

いや、それどころか、和哉にとって辛いことばかりが露にされてゆく。

「そして――横浜で会ってしまったあの男、ダンターニは、わたしの日本での仕事に大きく関わっている」

「日本での仕事?」

「そうだ。わたしが日本に来たのは、本来の社長業と共に、ダンターニとわたしの叔父が盗んだ一族の宝を取り戻すためで……店が荒らされたのはそのせいもあるだろう」

「そんな……。どうしてあなたたちの争いごとにこの店が?」

「情報を集める拠点として、あの店を利用していた。店に出入りしていたバイヤーや骨董店の店主の数名は、わたしの部下だ」

「な……人の店をなんだと思ってるんですか！　マフィアの……拠点!?」

和哉の唇から、唸《うな》るような声が漏れた。

シルヴィオの顔を見れば、声を聞けば、彼も悩んだのだろうということはわかる。だが、結果として、彼のせいで店は事件に巻き込まれてしまった。知らないうちに、拒否することも叶わず店は荒らされ、和哉だけでなく、相澤や堺の気持ちも傷つけられたのだ。

こめかみが、じくじくと疼く。

彼はこんなに大事なことを隠していたのだ。

きみの全てが知りたいと囁き、愛していると告げながら。

（やっぱり、本気じゃなかったんじゃないか……）

そう思うと、彼からの告白を信じ、揺れた自分が無性に悔しくなる。彼になら、全てを露にできるのではないか——そう思った自分が悔しい。

涙の滲《にじ》んできた目元をぎゅっと拭うと、和哉はシルヴィオの顔も見たくなくて踵《きびす》を返す。

「待つんだ！」

しかし、その途端、強く腕を摑まれた。藻掻《もが》いても引き戻され、和哉はきつく睨みつけた。

「離して下さい！　……触るな！」

「全て話したからには、きみを自由にするわけにはいかない。それに、今度はきみが直接狙われる可能性もある」

「誰のせいですか!?」

「か……」

「あなたのせいでしょう!?　あなたが…何食わぬ顔で近づいてきたせいじゃないですか！」

シルヴィオは辛そうに顔を歪める。和哉の胸も痛んだが、興奮は止まらない。

「本当のことなんて何一つ話してくれなくて、ずっと黙って……騙《だま》して。それを、今になって『自由にするわけにはいかない』？　勝手なことばかり言わないで下さい！」

「わかってる！」

声を荒げると、シルヴィオも幾分激しい口調になる。ぐっと肩を掴まれた。

「だが、今は頼むから言うことを聞いてくれ。気が済むまで、いくらでも謝る。不誠実だったことも、嘘をついていたこともすまないと思ってる。だから――」

「離して下さい！　嫌だ――触るな！」

「和哉！」

暴れると、肩を掴んだ手に力が込められる。痛みに顔を歪めたが手は離れない。

そのまま抱き締められれば、切なさが募る。

さっきまでは、どこよりも安心できていた場所。護られていると信じられた場所。

けれど今は、ただ力ずくで閉じこめようとしているだけにしか思えない。

「離せ……っ！　離っ――」

泣くような声で解放を叫んだ直後。

腹部に衝撃を感じたかと思うと、目の前が真っ暗になる。

「……和哉……すまない……」

意識がなくなる寸前に聞こえたのは、力なく呼ばれた名前と、悲しみを湛《たた》えた謝罪の言葉だった。

◆

日もとっぷりと暮れた東京の街は、まるで宝石箱の中を覗くようだ。

ルビーにサファイア、パールにアメジスト、エメラルドにシトリン……。

日本橋《にほんばし》のホテル。そのスイートルームの一室で、そんな色とりどりの美しい輝きの灯を見下ろしながら、しかしシルヴィオは溜息を繰り返していた。

その気になれば、今眺めている眼下の宝石の全てを手に入れることすら不可能ではない男。にも拘わらず、窓に映る彼の貌から憂いが晴れることはなかった。

恋人を護るための手。触れて、撫でて愛するための手。けれどその手で、今日彼は恋人を打ったのだ。そうせざるをえなかったとはいえ、大切にしたい人を。

「誤魔化《ごまか》すべき……だったか？」

ぽつりと尋ねると、夜を背景に見つめてくる自分自身は目を伏せる。

愛した相手だったから、もう嘘がつけなかった。

窓辺で目を伏せたまま、シルヴィオはまた溜息をついた。

後悔は嫌いだと――そんなものは時間の無駄だとわかっていても、やはりあれこれと考えてしまう。

他でもない、自分の油断が招いた事態ならなおさらだ。

そうしていると、軽いノックの音の後、レオーネが姿を見せる。

窓に映り込んできた姿を確認し、実像に振り返ると、有能な秘書は静かに目礼を返してきた。

「麻布《あざぶ》のマンションから連絡がありました。加々見さんがお目覚めになったようです」

「具合は？」

「大丈夫です。ただ、非常に怒っていらっしゃると」

「そうだろうな……」

シルヴィオはもう何度目かわからない溜息を零した。

ソファに深く身を預け、口元を歪めると、レオーネも僅かに顔を曇らせる。

しかし、そのまま声は続いた。

「ご指示どおり、加々見さんの世話役件警備として、交替で常時三人をつけております。また、マンションの入り口と裏口、及び敷地から外への全ての門に人を配置いたしました。元々、政治家や芸能人が多いマンションですし、セキュリティについてはまずは大丈夫かと」

淡々と経過を読み上げるレオーネの声を聞きながら、シルヴィオは短く息をついた。

あの後、和哉の身柄は、麻布に借りているマンションへ運ばせた。

二人でいるところをダンターニに見られてしまっていることに加え、既に店を襲撃された以上は保護が必要だと思ったのだ。

そうしなければ、おそらくダンターニは、もしくはアルドは、シルヴィオを揺さぶるためにこれから後も和哉を使おうとするだろう。

「この男が傷つけられたくなければ、一切から手を引け」——そんな風に。

滅茶苦茶にされていた店と、それを呆然と見つめていた和哉を思い出し、シルヴィオはきつく唇を噛んだ。

彼は何も悪くない。それなのに、あの店がシルヴィオたちのプランに組み込まれてしまっていたことで、大変な被害を受けることになってしまった。

店が大切だとしきりに言っていた彼に、あんな顔をさせてしまうなんて。

すると、レオーネが宥める表情でゆっくり口を開いた。

「店のことは不幸な事故でしたが、案外、これでよかったのかもしれません。少なくとも、身の安全は確保できていますし」

「結果論だな。それに、彼は自分と同じくらい店を大切にしていた。彼自身も店も両方とも無事でなければ……。それなのに……」

「はい……。ですが、全てを解決できる機会を得たことも間違いないかと。ああした強硬手段に出てきたということは、宝石はまだ売られていないに違いありません。都内の銀行の貸金庫その他とは契約がないことからも、ダイヤは未だアルドさまの手元で保管されていると思われますし、今なら、加々見さんを保護したまま、一気に片をつけることも可能です」

「アルドの根城《ねじろ》は新宿《しんじゅく》だったな」

「はい。新宿に三ヶ所です。全てに、複数の内偵の者を忍ばせてございます」

「……端から潰すぞ。ダイヤを取り戻して、あの男の身柄も確保する。なるべくなら話し合いでと思っていたが、もう待たん」

「はい」

「これ以上長引かせる気はない、全員にそう伝えろ」

「畏《かしこ》まりました。日本の警察へは、何か連絡を入れておきますか？」

「すぐに終わるから手を出すなと——いや、わたしが直接言おう。あとで電話を持ってきてくれ」

「承知いたしました」

深く頭を下げるレオーネに頷くと、シルヴィオは立ち上がる。

和哉のためにも、もう全てを終わりにしたかった。

◆

「ああもう――まだ人がいる……」

ドアスコープから廊下を窺い、そこには相変わらず厳《いか》つい男がいることを確認すると、和哉は大きくぼやいた。

今いる部屋は、およそ3LDK。三階建てのゆったりとした大きなマンションの一室だ。

敷地内には緑も多く、窓から見る車は全て黒塗り。

天井の高さからも高級さが窺えるが、ここから出られない和哉にとっては美しい牢獄そのものだった。

軟禁。

その言葉が最も相応しい状況だろう。ドアの前には常に人がいて、ちょっと外に出ようとしてもそれを止められてしまう。

窓を伝えばなんとか庭へ降りられそうだが、見た限り、敷地から出るための門にはまた人がいる。あそこを突破できなければ、結局部屋へ連れ戻されてしまうに違いない。

携帯も取り上げられ、部屋には電話もなく、ここへ閉じこめられてから丸二日。

和哉は焦れったい時間を過ごしていた。

あれから店はどうなっているのか。

相澤や堺は？　他の者たちは？

じっとしていると、不安が不安を呼ぶ。

「どうして……」

窓から外を見下ろしていると、ぽつりと、また問いが漏れた。

考えれば考えるほど悲しくなる。シルヴィオは、優しい顔でずっと自分を欺《あざむ》いていたのだ。

長い溜め息が漏れた。今まで彼と過ごした時間のことを考えると、胸が軋むようだ。

すると、外に足音がした。食事にしては時間が変だなと思っていると、ドアが開き、姿を見せたのはシルヴィオだった。

平然とした顔で近づいてくる姿を見たその瞬間、和哉の中で惑乱と憤りが再燃する。

「どういうことですか、これは！」

窓辺から離れ、向かい合い嚙みつくようにして尋ねたが、相変わらず答はない。

それどころか、和哉の話を聞いているのかいないのかわからない顔でぐるりと部屋を見回すと、

「何か足りないものは？」

と、逆に尋ねてくる。

わざとピントをずらしているかのような振る舞いに、和哉はシルヴィオを睨みつけた。

「足りないものは、自由です。ここから出して下さい、一刻も早く！」

睨み上げたまま言うと、見つめ返してくる二つの貴石に翳が差す。

溜息の後、シルヴィオはゆっくり首を振った。

「それはできない。前にも言っただろう。きみは狙われる可能性が高いんだ。ここで身の安全を

――」

「安全!?　人のこと殴って気絶させて監禁するような人が、善人ぶって知ったようなこと言わないで下さい！」

「っ……」

酷いことを言っていると、自分でもわかる。だが、裏切られた思いは日が経っても薄れることはなく、むしろ増すばかりだった。

ここで丁寧な扱いを受けて、大切にされて、考える時間ができればできるほど、やるせなさが全身を蝕《むしば》む。

それなのに、彼を完全に嫌いになりきれないからなお辛かった。

怒りや憤り、悲しさや悔しさ——そんな暗い思いが胸の中をいっぱいにした次の瞬間には、やわらかい混じりでも包み込むような微笑や、優しい口付け、名前を呼ぶ柔らかな声や、触れ合ったときの温もりが次々蘇っては、恋情を煽《あお》るのだ。

信じられない思いと、信じたい期待。

全く違う二つのベクトルが鬩《せめ》ぎ合い、翻弄される神経はじりじりと焼き切れそうだった。

「店だって、どうなってるのか気になってるんです。あんなことがあったし……」

「それは、わたしが責任を持って立て直す。修理や改装のことも逐一《ちくいち》報告しよう。必要があれば、スタッフたちにも警備をつける」

「そんなこと言ってるんじゃありません！」

シルヴィオの声を遮るように和哉は声を上げた。

「……どうしてわかってくれないんですか……？　あの店はあなたのものじゃない。あなたにはもう、店には指一本触れてほしくないんです」

その瞬間、シルヴィオの端整な貌が悲しげに歪む。

和哉の胸も、ぎしりと軋んだ。

わかってる。

彼の優しさは。彼の償《つぐな》いたい気持ちは。

でも駄目だ。今はまだ色んなことがぐちゃぐちゃのままで、彼への思いも再び混沌《こんとん》としてしまって。

「出して下さい。こんなところ、いたくありません」

「和哉」

「あなたの言うことなんて、聞きたくないんです。全部嘘ばっかりだ！」

「和……」

「人にはなんでも話せなんて言って、自分のことは秘密にしてたじゃないですか。本当のことなんか何も言わないで！」

「和哉、だからそれは――」

「愛してるとか本気とか、そんなのだって、どうせ本心じゃなかったんでしょう!?　いつもみたいに人のことからかって、僕が困ってるのを嗤っていたんだ」

不安定に乱れた感情のままに言葉を紡ぐと、途端、攫《さら》うかのようにぐっと腰を抱かれた。爪先が、床からふっと離れる。

「シルヴィオ!?」

抱えられたまま、寝室へ引きずり込まれた。ベッドの上に放られたかと思えば組み伏せられ、のし掛かられ息もできなくなる。

抗っても、辛うじて足をばたつかせられる程度だ。だが和哉は必死で藻掻いた。

「どけよ!」

ウエイトが違うとはいえ、男に組み伏せられるだけで屈辱なのだ。それがしかも、今一番嫌いな相手となれば、怒りと憤りで目の前が赤くなる。

「離せよ! この…っ!」

直後、摑まれた手が砕《くだ》けそうになるほどの力が込められ、息を飲む。見上げた顔は、静かな怒りを孕《はら》んでいた。

「もう一回だけ言う。わたしの言うことを聞いて、ここで大人しくしてるんだ」

「嫌だ!」

「和哉」

「誰が、あなたの言うことなんか……っ!」

睨むと、シルヴィオはきつく目を閉じる。

再び瞼《まぶた》が上がったとき、彼は冷たく言った。

「なら——縛りつけておくしかないな」

「あ……――」

浅く息をつくと、ゆっくりと顎を摑まれた。

冷たい声とは裏腹に双眸は悲痛にも思える昏さだ。

目が離せずにいると、頬に吐息が触れた。

羽根に撫でられたようなその感触にぞくりと背が震えた直後、唇に唇が触れる。

「っん……っ……」

しっとりと唇を覆うシルヴィオのそれは、以前の記憶よりも一層甘い。

そして優しく、深く濃厚な口付けは、強い酒を飲まされているような酩酊《めいてい》を連れてくる。頭がぼうっとして、押し返したいのに力が入らなくなる。

「ん…ッ…ん、んんっ――」

引き剝がすつもりで肩にかけた指が、いつしか知らないうちにそこへ食い込んでいる。

「は……っ…」

一旦離れた唇の合間に息を継ぐと、鼻先の触れる距離で見つめられる。

エメラルドとアンバーの瞳。

翻弄されてばかりで、捉えどころがなくて、その余裕がいつも悔しくて堪らなかった。

それなのに、彼の瞳に映る自分の存在が嬉しくて、だからなおさら遠ざけたかった。

好きかと問われれば、きっと好きだったのだ。

あの日、霧の中で出会ったときから、彼はずっと胸の中に住んでいた。

全てを晒す勇気はまだなくても、いつか彼にならばと——誰か一人に全てを晒すなら、それは彼にと思っていた。

同じものを美しいと感じる、そんな彼ならと。

けれど、今はもう、そんな気持ちも心に痛いばかりだ。

信じられるかもしれないと思った相手だからこそ、彼に利用されていたことがどうしようもなく辛くて許せない。

「離せよ……っ」

「嫌だ」

「ここから出せよ！」

「駄目だ」

「あなたの言うとおりになんか……絶対したくないって言って…っ…——」

上げかけた声は、再び口付けに奪われる。今度は、息まで貪《むさぼ》るようなキスだ。

のし掛かってきている胸を叩き、肩を叩くが、唇は離れない。

舌を捻《ね》じ込まれ、息苦しさに涙が滲む。しかし同時に、口内を彼の一部に満たされる快感も覚えていた。

のけたい——いっそ嚙んでやりたいという思いも一瞬は頭を過ぎるのに、それはどうしても実行に至らず、いつしか霧散してゆく。

抵抗しなければとわかっているのに指は上手く動かず、口内を嬲《なぶ》られるたび、そこからじわじわと浸食されていくような気がした。

「ん…ッン、んんっ……！」

まだキスしかしていない。それも、今誰より憤っている相手のはずだ。なのに、触れ合っている箇所は痺《しび》れたように熱く火照《ほて》り、甘い刺激が絶え間なく全身を駆け巡ってはあちこちで弾けている。

「やめ……ろ……」

ようよう身を捩《よじ》り、シルヴィオの唇から逃れると、和哉は自らの意思を確かめるかのように拒絶の声を上げる。

「なんだよ…悪かったとか謝るとかまた嘘ばっかり…っ。こんな、力ずくのどこが…っ！」

「きみが言うことを聞かないからだ。何ヶ月も閉じこめる気はない。一月もかからずに片をつける。だから言うとおりにしてくれ……！」

自身の鼓動と、浅く速い息に混じって聞こえる声は、焦燥《しょうそう》も露な上擦ったものだ。シルヴィオの狼狽《ろうばい》や苛立ちがそのまま伝わってくる。

こんな形で聞くことにならなければ、きっと素直に受け入れただろう。

しかし、今の和哉は、シルヴィオの指示や命令に僅かも従いたくはなかった。懇願であったとしても、首を振る。

自分は――自分の店は、そんな選択権すらなく事件に巻き込まれてしまったのだと思えば。

「っ、この…っ――」

全身の力で抗い、殆ど蹴りやるようにしてシルヴィオを突き放すと、その身体の下から抜け出す。だがベッドから降りる寸前に再び捕まえられ、背後から抱き締められた。

「和哉！」

「――っ！」

腰に絡む腕は、爪を立てても離れない。

引っかいても殴りつけても腕はびくともせず、そのままずるずると引き戻される。

「離せよ…っ！　あなたの言うことなんか聞きたくない！　嘘ばっかりじゃないか！　愛してるなんて言ってきたことだって、どうせ店をいいように使おうと思って――」

力で敵わない悔しさに、和哉は藻掻きながら声を荒げる。

次の瞬間、シルヴィオはまるで嚙みつくようにして首筋に顔を埋めてきた。

「わたしの本気まで――嘘だと？」

「っあ…ッ――」

びくりと、大きく背が撓《しな》る。

動脈を辿るように口付けを繰り返され、ときに軽く歯を立てられてはきつく吸い上げられると、藻搔く力が抜け、そのまま溶けてしまいそうになる。

「和哉……」

「ん…っ、ぅ、ッん…っ――」

その上、どうしてそんなにもと思うほどの切なさで名を呼ばれれば、胸の奥までが大きく乱されてしまう。

縋るものを求めてシーツを摑むと、無防備になった胸元をゆっくりと掌がまさぐり始める。身を捩っても大した抵抗にはならず、シルヴィオの手はシャツの下に滑り込んできた。

「つぅ…っん、んんっ……」

薄い皮膚を執拗に撫でられ、堪えても息が上がる。自分の零す息の熱さに、目眩《めまい》がしそうだ。唇を噛み、声は上げたくないと我慢してみても、指がさらりと肌を撫でるたびに、鼻にかかった声が漏れた。

以前、船の中で触れられたときよりも、一層大きな快感が寄せてくる。身体がシルヴィオの指に馴染んだのだと思うと、自分の淫《みだ》らさに消えたくなるほどだ。

昂《たか》ぶり始めた性器を隠すようにして身体を丸くすると、うなじにも口付けが落とされる。

優しい――柔らかなキス。だから悲しくて堪らなくなる。

どうして、と、彼が抱えていた秘密を責める言葉ばかりが胸の中で渦を巻き、惑乱に振り回されてぐちゃぐちゃになる。

「あ…ァ…っ」

「ここにいてくれ――和哉。きみを危ない目に遭《あ》わせたくないんだ」

掠れた声が吹き込まれるたび、全身が熱を孕む。額に、内股に、しっとり汗が浮くのがわかる。

許したくない相手に抱き締められ、全身を探られているのに、身体の奥から溢れてくるものは、嫌悪ではなく喜悦だった。

ここへ縛りつけようとする強い腕に、甘く深い口付けに、感情が乱され身体と心が噛み合わなくなる。

「和哉…」

「触るな…っ！」

大きな手が、服ごと性器を掴む。反り返ったその変化を思い知らされるかのように握り込まれ、羞恥に全身が震える。

逃げたいのに——抗いたいのに身体はぐんぐん熱くなり、鼓動はますます速くなっていく。興奮と欲望が臍《へそ》の奥でうねり、指の先まで火照らせ痺れさせては、また熱を腰へ充塡《じゅうてん》してゆく。

「んぅ……っ」

布越しの愛撫がもどかしくて堪らない。嫌なのに腰が揺れて、恥ずかしいのにもっととねだるような淫靡《いんび》な息声が溢れる。

「ん…ッ…あっ…ぁ、ああ…ァ……」

「和哉……っ——」

好きとも愛しているとも、ここにいろとさえも言わず、シルヴィオは名前を呼び続ける。名前を呼び、そして肌にその数だけ所有の証を遺《のこ》してゆく。

けれどそれこそが一番の愛の呪文で抱擁なのだと——彼はわかっているのだろうか。

このままでは逃げられなくなりそうで、和哉は何度も頭を振った。

「いや、だ…っ…ああっ！」

だが、そうして抵抗を示しても、愛撫を続ける手は動きを止めない。

きつく扱《しご》き上げられたかと思うと、逃げる間もなく、ズボンも下着も剝ぎ取られる。

双丘の奥へと伸びてきた指に柔らかな部分を刺激され、和哉の唇からくぐもった声が上がった。

狭いところが押し広げられる感触に、声にならない喘ぎが漏れる。苦しくて、息が上がる。

やめてほしくて、抜いてほしくて頭を振ったが、シルヴィオは許してくれなかった。

やがて、ベルトを外す音がしたかと思うと、腰を掬い上げられ、和哉はシーツの上に突っ伏す格好にさせられる。

「あっ……！　ん、んッ――」

そして――ゆっくりと身体を穿《うが》つ灼熱。

あやすように宥めるように、慈しむように何度も背中に口付けられ、うなじに、髪にキスが降る。

「和哉……」

声は、ただそれだけで溢れるほどの愛情を伝えてくる。

震えるほどの幸せが辛くて、和哉は揺さぶられるままに細腰をくねらせ、喘いでは、胸の中で同じ言葉を繰り返す。

（嫌いだ――）

名前を呼ばれるたびに、それを打ち消すように。

「ぁ…っん、んんっ………！」

一層激しく穿たれ、ぎゅっとシーツに縋ると、その手に指が絡められる。

握り締めると、瞬間、爛《ただ》れた熱が白く爆《は》ぜた。

◆

【ピアチェーレ】が荒らされた件の捜査について、そして、これから起こるであろうアルドたちとの攻防の一切に深く関わらない旨の約束を取りつけると、シルヴィオは警察幹部との電話を終えた。

相澤から「和哉と連絡がつかない」と捜索願いが出されていたことは少々予想外だったが、それも合わせて話をつけた。これで、よほどのことがない限りは何にも邪魔されることなくアルドを追いつめることができる。

【ピアチェーレ】についても、風評被害は防げるだろう。

捜査のためとはいえ、刑事がたびたび出入りする店など評判が悪くなる一方だろうから、早めにそれをやめさせたかった。

あの店は、和哉たちが話していたように「改装のため休店中」――それでいい。

根回しは全て終わり、態勢は整った。

（あとは一つ一つ詰めていくだけだな）

なるべく早く、そして間違いのない手順を考えていると、レオーネが姿を見せた。

「失礼いたします、シルヴィオさま。アルドさまたちが根城にしていた、西新宿のホテルなのですが」

「追い出せそうか」

「はい。どうもホテル側は、元からアルドさまたちを好ましく思っていなかったようですね。近日中に部屋を空けさせたい旨の話をすると、すぐ乗ってきました。早ければ明日、遅くとも明後日にはチェックアウトさせるとのことです」

「これで一つ詰むな。チェックアウト後の部屋の確認についてはどうしてる」

「ホテルには、既にスタッフとして数名を潜《もぐ》り込ませておりますので、部屋に何か隠していた場合も、意図的に忘れ物をした場合も全て対応可能です。加えて、部屋は模様替えの名目で調度品はもちろんのこと、壁も床も一切を新しくさせますので、隅から隅まで見逃すことはないかと」

「わかった。ご苦労」

「もう一つのホテルのほうも、支配人に話を進めております。こちらも、ほぼ同時期に奴らを追い出すことができると存じます。その後の部屋の確認も、ぬかりなく」

「一番怪しい、代々木《よよぎ》寄りのマンションはどうなった。オーナーと話はついたか」

「はい。マンションの他の住人たちにも、大がかりなリフォームという理由で、半月ほど一時移転の通達を完了いたしました。また、こちらは本物の業者を通して、室内への潜入も試みております」

「内偵からの報告は？　まだダイヤは見つけられないか」

「申し訳ございません。ただ、それとなく周囲に話をしてみても、見た者すらいないとのことですので、逆に考えれば本当に限られた者しか入れない場所にあるのではと」

「寝室か……でなければそれに次ぐ部屋だな。続けて監視させろ。あとはダンターニだ。あれの立ち寄るところも全てチェックしろ。あの男が隠し持っている可能性も残ってる」

「はい」

頷くレオーネに、シルヴィオも深く頷いた。

万全を期して急ぐが、焦らず。

網は、徐々に狭めてゆく。不用意に追い込みすぎたためにダイヤを細かくされて売られてしまえば本末転倒だ。

改めてそれを思っていると、一礼と共に部屋へやって来た一人の男が、レオーネに何事かを告げる。

その瞬間、レオーネは顔を強張らせた。

報告を終えた男を下がらせると、一つ声を落として告げる。

「どうも十日後くらいの日程で、売買の話が具体化している様子です」

「十日後？　相手は」

「今のところの情報ではロシア系の男のようですが、どういう背後かは……まだ」

「十日後……」

呟くと、シルヴィオは微かに顔を顰めた。

(早すぎる――)

双眸が、スッと眇《すが》められる。

アルドの元へ乗り込んで、一気に片をつけようとするなら無理な期日ではないだろう。だが、そうして相手の誇りを傷つけるまねをする以上は、絶対にダイヤを見つけなければならない。チャンスは一度きり。失敗すれば、二度と同じことはできない。

そうなると、ダンターニの動向までを押さえられていない現状では、まだ踏み込めない。

「わかった――」

そう返事をしてレオーネを下がらせても、シルヴィオの眉間には深く皺が刻まれたままだった。

翌日、シルヴィオは手がかりを求め、単身、【ピアチェーレ】へと足を向けた。

こんな時期に一人で行動する危険性は重々承知していたが、変に目立ってしまえば店の評判を悪くするかもしれず、一人で来ることに決めた。また、和哉の大切な店だからこそ、一人で訪れたくもあった。

アルドがこの店に来た確認は取れていないが、少なくともダンターニは一度来店している。そして、この店を襲わせたのもあの男だ。目端の利く狡賢《ずるがしこ》い男だから、証拠を残すようなことはしていないだろう。だが、万が一ということもある。

可能性がある以上は……と思いながらビルへ入ると、そこは休日らしく人で賑わっていた。

夏が近いためか、女性たちの服装は皆涼しげだ。

(レオーネに着替えを頼んでおいて正解だったな)

シルヴィオは独りごちた。

昨夜、和哉の元を訪れたとき、彼が少し暑そうにしていた気がして、今日、レオーネに服を届けてもらいたいと頼んでいたのだ。

こんなときに何を、と窘《たしな》められるかもしれないと思ったが、彼は頼みを聞いてくれた。

『十の頃、好きな子にラブレターを渡して下さった借りがやっと返せます』

そんな風に、彼にしては珍しく冗談めかして。

和哉の店が巻き添えになったことは、レオーネも気にしているのだろう。ダンターニの動きをきちんと摑めていれば、あんなことにはならなかったのだから。

「………」

シルヴィオは、賑やかなビルの中でただ一ヶ所、寂しく静まりかえっている【ピアチェーレ】の下ろされたシャッターの前で拳を握り締める。

この指先一つで、何千もの部下が命を投げ出す。

自分の指は、手は、そういうものだ。誇りを掲げ、忠誠を誓わせ、多くの仲間を導き従わせる手。

それなのに、この手は恋人を護れなかった。恋人の大切なものを。彼が何より生き甲斐にしていたこの場所を。

「借りは返す」

(倍にしてな――)

アルドたちへの激しい思いを胸に誓い、事務所の入り口へと回る。

改装中なら誰かいるはず――そう思ってノブを回すと、やはり中は修繕作業中だ。

事務所からゆっくり奥へ足を進めれば、店のフロアの中央で職人と話をしていた男がふと顔を向けた。

――相澤だ。

「……あなたは……」

「こんにちは。シルヴィオ＝マルコーニといいます。先日、加々見オーナーと一緒にいた者です」

「ああ…先日はどうも。そうだ、丁度いい。ちょっと伺いたいんですが、マルコーニさんは、和哉がどうしてるか知りませんか?」

「どうしているか……とは?」

「あの日から、連絡がとれないんです。警察にも話はしているんですが……進展がなくて。そちらには、なにか連絡が入ってませんか」

「……いえ……あいにく」

「そうですか。店がこんな事になった後ですし、皆も心配していて。それに、ここに一番愛着があったのは和哉だから、ショックが大きいだろうと思ったら気になってしまって」

「何かわかれば、お報《しら》せしますよ」

「お願いします」

「ところで、店のほうはどうですか？　偶然とはいえあの惨状を見てしまったので、気になって立ち寄ってみたんですが」

「そろそろ警察の出入りも少なくなってきたので、本格的に修復と改装にかかり始めたところです。ただ、和哉と連絡が取れないことには……。勝手に進めるわけにもいきませんから」

若くして社長というだけあり、相澤の受け答えは小気味好く鋭敏さを感じさせた。と同時に、和哉への情愛も感じさせる。

シルヴィオは、従兄弟《いとこ》よりも近い関係でありながら、この二人とは全く違うどこかの二人を自嘲しつつ、事務所へ足を戻す。

念のためと、事務所の電話の着信を確認し、そこにあったメモに書き留める。

本当ならパソコンの確認もしたかったが、それはまだ警察に押収されているらしい。だが、特に証拠になるものはないだろう。もしあれば、こちらに連絡があるはずだからだ。

「やっぱり何もないか……」

仕方ないなと溜息をつく。

そのとき、小さな本棚の上に、無造作に置かれていたノートが目に留まった。

（[Djebel]《ジェベル》のノートか）

欧州ではメジャーだが、日本ではあまり見ないなと思っていた文具ブランドのものだった。

こんなところまで洒落ている、とふと手に取り。ばらりと捲る。

二頁《ページ》三頁《ページ》と捲っているうちに、ふと、シルヴィオの頭の中にひらめくものがあった。

(もしかして……)

これは、客について書き留めたものではないか?

記されている日付と、読める限りの文章で、そう直感する。

さすがに漢字まで全てが読めるわけではないから絶対とは言えないが、調べてみる価値はあるかもしれない。

(日本語の読める者が必要だな)

シルヴィオは、ノートを手にしたまま事務所を後にすると、携帯を取り出しレオーネの番号を呼び出した。

◆

「いい加減に、ここから出して下さい」

シルヴィオに頼まれて着替えを持ってきたという男――レオーネと名乗った秘書の男に、和哉はそう懇願した。

軟禁されて、もう四日。シルヴィオは昨夜もやってきて、和哉の全身に情事の余韻を残して帰っていった。

まるで、快感で縛ろうとするかのように繰り返し身体を重ねてくる彼は、憎らしい一方、どうしてか悲しげにも思える。

まるで、それしか方法がわからないというように、遮二無二《しゃにむに》抱き締めてくるから。

（でも……そんなの彼の自業自得じゃないか……）

気が付けばシルヴィオを気にかけ、許してしまいそうになる自分を叱責すると、和哉はレオーネに向かい合う。

落ちついた地味な男だが、さすがにシルヴィオの秘書らしく、つけいる隙が全くない。

だが、もう誰かの力を借りるしかないのだ。今すぐ解放されることは無理だとしても、ここにいたくないと、少しだけでも彼に訴えたかった。

「だいたい、着替えなんか必要ありません。それにこんなブランドもの……」

「不要であればそれでも構いません。わたしはシルヴィオさまからの頼まれ事を果たしているだけですから」

「不愉快なんです！　あの人の思いが籠ったものが、そばにあると思うと！」

感情の窺えない口調に、ついきつい言葉が口をつく。

半分は、怒らせたい思いもあった。

怒れば、彼にも隙ができるのではないか、つけ込める部分が見えるのではないかと、そう思って。

しかしレオーネは表情すら変えず、ただ首を振る。

「我慢して下さい。そして、ここから出すわけにも行きません」

「シルヴィオが、そうしろって言うからですか!?」

「ええ。それに、本当に危険なのですよ」

そう言って目を伏せる様子は、本気で身を案じてくれていると思えた。そしてレオーネは再び見つめてくると、淡々と告げる
「店が気になることも、ここにいたくないことも承知しています。ですが、どうか今少し我慢なさって下さい」

「我慢我慢って……」

「シルヴィオさまも、加々見さんの店のことについては、本当に悔やんでおられます。だからこそ、あなたご自身にはほんの少しも傷つけたくないと気遣っていらっしゃいます」

「………」

「わかっていただけませんか?」

「それは、あなたはシルヴィオの味方だからそんな風に言えるんです。僕よりずっと彼のことを知ってるんだろうし……。『本当に』なんて言われても、僕は――」

「信じられない――と?」

改めて尋ねられ、和哉はぐっと口籠った。

信じられない。だから苦しい。信じたいのに——そこから先へ進めないから。

唇を噛むと、レオーネは苦笑気味に長く息をつく。

そしててきぱきと帰り支度を終えると、再び和哉の前に立った。

「とにかく、もう少し辛抱なさって下さい。何かあれば世話の者に伝えて下されば、対応いたしますので。それから……」

レオーネはそこで言葉を切る。和哉が目を瞬くと改めて口を開いた。

「先程、わたしが言ったことは、覚えてらっしゃいますか?」

「……なんのことですか?」

「わたしがここへ来た理由です」

「シルヴィオに頼まれて着替えを届けに、じゃないんですか」

「ええそうです」

「それがどうかしたんですか」

「頼み事をされたのは、初めてでした」

和哉は「え?」と問い返す。秘書はその有能さを示すように微笑んだ。

「いつもなら、たとえ一緒に育ったわたしを相手にしていても、例外なく『命令』です。あの方はそういう立場の方ですから。けれど、今日のこのことについては頼まれ事でした。ですから、少々込み入った時期であっても、言うとおりに来たんです。それだけ特別なことなのだと、わかりましたから」

「着替えを持ってくることがですか？」

「あなたに関わることが、です」

そしてにっこり笑うと、レオーネは去っていく。

和哉は、彼が残した言葉を胸の中で繰り返すことしかできなかった。


そしてその夜。

またもやって来たシルヴィオは、和哉が着替えている姿に嬉しそうな笑みを見せた。

「似合うよ。よかった、サイズもぴったりで」

「今回だけですから。これからはもう、よけいなことはしないで下さい」

はっきり言ったつもりなのに、相変わらずシルヴィオは微笑んだままで、和哉のほうが恥ずかしくなってしまう。

(今夜も泊まる気だろうか)

しかも、この後のことをふっと考えて一人で狼狽していると、いきなりぐっと手を引かれた。

「なっ……」

何をされるのかと抗えば、シルヴィオは和哉をすっぽりと両腕の中に抱えたまま、ベッドに腰を降ろす。両腕ごと背後から抱き竦められ、まるで甘えるようにうなじに口付けられれば、甘い刺激が背筋を駆ける。

「自分のもの」のように扱われることが嫌で、ぎゅっと身を強張らせると、耳元で声がした。

「今日、きみの店に行ってきた」

「……えっ？」

「少しだが、内装の工事が始まってた」

「入ったんですか!?　店に!?」

餓《う》えていた情報を与えられ、和哉はそれに飛びつく。頷いた気配がした。

「ああ。相澤さんと会ったよ。きみのことを心配してた」

「邦彦……」

「仲がいいんだな、きみたちは。どこかとは大違いだ」

少し寂しそうにも聞こえる声が気になる。だが、顔が見られない。

「昔はそれでも、わたしと叔父の仲も悪くなかったんだ。兄のように慕っていたし、色んなことも教えてもらった。酒の飲み方も、周りとの接し方もね。この目のことも、不安だったわたしを慰めてくれたのはアルドだった。だから——なるべく穏便に済ませたいと思っていたんだが……」

小さく消える声。そこまで言うと、シルヴィオは黙り込んだ。

抱き締められた背中に伝わってくるのは、温もり。

強引であっても、決して非情ではない彼の体温を静かに伝えてくる。

どれだけそうしていたのか。

気がつくと、一層強く抱き締められ、顔を覗き込まれていた。

二つの色の瞳にじっと見つめられ、身体が熱くなる。

「ちゃんと眠ってるのか？　少し顔色が悪い」

「あなたには関係ありません。それに、もし顔色が悪いのなら、ずっとこんなところに閉じこめられてるからだ」

「寝てないわけか。布団が気に入らないのかな。それとも枕が？」

「人の話を聞いてないんですか？　布団も枕も関係ない、それを言うならあなたが――」

言葉の途中で、和哉は頬を染めた。

理由の一つは、シルヴィオとの夜毎の情事を思い出したから。

そしてもう一つは、今まさにそれを予感させるかのように、首筋の薄い皮膚をちゅっと吸い上げられたためだ。

「シル……っ――」

彼の愛撫に馴染むことは恥ずかしくて堪らないのに、身体は気持ちを裏切って、もうじわりと火照り始めている。

口元を押さえても次々溢れる声は、自分のものだと信じたくない淫らな鼻にかかった声だ。

「あ、ァ……！」

「贈った服を着てくれているきみを乱すのは、また格別だな」

「っ…ぁっ、んっ――っ」

口付けられ、身体を探られるたびに全身を喜悦が突き抜ける。

せめて声は上げたくない――。

いつもそう思うのに、触れられて口付けられれば、いつしかいましめは解かれてしまう。

抵抗しているはずが、身体は熱くなるばかりで、気づけばどうしようもないほどの快感の中で身悶えている。

「ん、んんっ…っ…」

「和哉……」

今だってそうだ。

背中越しに抱き締められ、あの手に身体をまさぐられ、名を呼ばれれば、たちまち全身が熱くなってしまう。

「やめろ……っ……」

嫌っているはずの相手。許せないはずの男。

それなのに──。

「あ…っあ、ああっ──」

服の上から執拗に胸元を撫でられれば、憤りの声は湿った吐息にかき消える。

長い指に肌を辿られれば、切れ切れの擦れた喘ぎが零れる。

「ゃ…っ…あ、ァ」

「和哉──」

「っ…シルヴィ…っあ……っ」

「和哉……」

愛してる——。

そう耳殻に吹き込まれるたび、泣きたくなるほどの切なさが募る。

広い胸の中で溺れる自分に目眩を感じながら、和哉は、いつ終わるともない甘く酷な愛撫に、ひっきりなしに声を上げ続けた。


それから、約三日。閉じこめられてからは一週間。

和哉は、今朝も当たり前のようにこのマンションから出かけてゆくシルヴィオを窓越しに見つめたまま、長く溜息をついた。

昨夜のシルヴィオは、いつにも増して激しかった。

何かあったのか——それとも何かがあるのだろうかと不思議に思うほど情熱的に和哉を求め、組み敷き、貫いては、ずっと離そうとしなかった。

毎夜、やって来る男に抱かれている日々。

「こんなの、まるで愛人みたいだ」

今日は、もしかして何かあるのだろうかというシルヴィオへの気遣いを誤魔化すように、和哉はわざと自分を貶《おとし》める。

それでもシルヴィオが気がかりで再び窓から外を眺め、和哉は目を見開いた。

「人がいない……?」

手違いなのか、それまでは常に見張り二人がいたはずの門には、誰もいなかったのだ。

慌てて窓を開けると、ぐるりと周囲を見渡す。やはり、全体的に人が少なくなっている。

(今なら……)

逃げられるかもしれない。和哉は気持ちを決める。

このまま、ここにずるずるとい続けたくない。自分がシルヴィオのアキレス腱《けん》だと思われ、ダンターニやアルドという人物から狙われるかもしれないことはわかったが、今のまま、まるで囲われているかのように日々を過ごすのは嫌だった。

店のことも、気がかりだ。

シルヴィオから聞いた話では、自分がいないことで店の改装が足踏みしているらしい。

一日でも早く営業を再開できるように、せめて指示だけでもしておきたい。

今、店はどうなっているだろうか。

常連だった人たちにはどう思われているだろうか。

いつからなら、営業再開できそうだろうか?

気になって堪らないから、じっとしたままではいられない。

『きみを危ない目に遭わせたくないんだ』

耳の奥に、声が蘇る。

切実だった声。きっとあれは、彼の偽りのない気持ちだ。

本当の気持ち。本気。本音。信じたい想い。

それに背いて逃げると思えば、ずきずきと胸が痛む。

だが――。

和哉は首を振り、憂いを振り払うと、そっと部屋のドアを開けた。

◆

「シルヴィオ、どういうつもりだ!?　ええ!?」

向かいのソファに座った――座らされたアルドが、もう何度目かの苛立った声を上げる。

手にしていたロックグラスを荒っぽくテーブルに置くと、なみなみと注がれていたウイスキーがそこに零れる。さらには吸い殻の溜まった灰皿をひっくり返すと、身を乗り出してねめつけてくる。

「いきなり来て、了承もなく家捜《や》しとはな。何を疑ってるのか知らないが、部下の前でこれだけの恥をかかされてるんだ。勘違いや間違いじゃ済まないことぐらいは、わかってるんだろうな」

シルヴィオは黙ったまま、ただ報告を待っていた。

マンションのこの部屋のあちこちでダイヤを探している部下からの、発見の報告を。

『明日、踏み込む』

決めたのは、昨日の夕方だった。

和哉が書き留めていたノートに残されていた客の特徴から、あの店に頻繁に出入りしていたロシア人の宝石バイヤーが一人浮上した。

その男と接触したところ、近く、大きな取引があることは間違いないらしいと判明。しかもそれだけでなく、取引の日程が繰り上がる可能性がある――そんな情報も一緒に届いたのだ。

未だダンターニの塒《ねぐら》について全て摑めていないため、アルドの元へ踏み込むことへは危険が伴うことも承知していた。だが、もう待てないと判断したのだ。

（絶対に、ここにある……）

そしてシルヴィオは、そう確信していた。

ダンターニに預けている可能性も、ないわけではない。

だが、この叔父の小心さを、シルヴィオはよく知っていた。もっと言えば、その小心さが災いし、自分にとってのレオーネのように、本当に信頼し、命綱を預けられる者は一人もいないということを。

シルヴィオはゆったりと脚を組み替えると、また煙草に火をつけるアルドをじっと見つめる。

虚勢を張るようにソファにふんぞり返ってはウイスキーをちびちびとやっているが、そわそわと落ちつかなくなっている。

自分の部屋にいるというのに、全くリラックスできていない。

部屋にいる部下はおよそ二十人。しかしそれらを取り囲んでいるのは倍以上の数という状態だから動揺するのも無理はないとはいえ、あの様子なら、ここにあることはやはり間違いないだろう。あとは、見つけられるかどうかだ。

（必ずある――）

だが、シルヴィオはそう確信するものの、乗り込んでから一時間が過ぎても、ダイヤは見つからない。

今二人がいるリビング、キッチン、奥の寝室、書斎、バストイレに至るまで探しても、それらしきものは出てこなかった。

「もうそろそろ、タイムリミットじゃないか？　あぁ？」

にやりと嗤うと、アルドは「さっさと帰れ」と言うように顎でクイとドアを指し示す。

「馬鹿が。この不始末は、きっちり報告させてもらうぞ。いくらお前が跡継ぎでも、身内をこう簡単に疑うようじゃ、先が思いやられる」

劣勢から逆転できると踏んだのか、アルドは強気だ。

部屋の空気が、アルドの後押しをするかのように変わり始める。

しかしそのとき、シルヴィオは黙ったまま、流れるように立ち上がった。

「なんだ、お前も手ずから探しものか？」

馬鹿にするように嗤う声を背中に聞きながら、リビングから見えるキッチンへと足を向ける。

そのまま、シルヴィオは迷わず冷蔵庫を開けた。冷蔵庫の、冷凍ドアを。

そして躊躇《ためら》うことなく、そこにあったビニール袋を取り出した。

ロックアイスの入ったその袋を手にすると、一瞬、息を飲む音がした。振り向けば、アルドが真っ青になっていた。

「――レオーネ」

シルヴィオは秘書を呼ぶと、袋の中身を全て確かめるように告げる。

そしてソファに座り直すと、静かに口を開いた。

「見つかるまで、少し昔の話でもしましょうか」

もうガクガクと震えているアルドを見つめたまま、シルヴィオは記憶を遡《さかのぼ》る。

「子供のころ、家族で雪の国に旅行したことを覚えていますか。大勢での旅行で、わたしはとても楽しかった。楽しくて、遊びすぎて熱を出すほどに」

「……」

「あのとき、あなたが『外に出られないだろうから』とお見舞いに持ってきてくれた花のことは、まだ覚えていますよ。氷の中に閉じこめられた花は、とても綺麗だった」

「忘れたな、そんな昔のことは」

「そうですか。でもわたしは覚えていますよ。あの日のことも、そして、あなたがロックしか飲まないことも」

「っ――」

「だから、そんなに沢山注いでいても、少しずつしか飲めない――」

「シルヴィオさま――ありました！」

レオーネの声と、アルドが腰を上げたのはほぼ同時だった。

即座に、シルヴィオに渡される冷たいダイヤ。アルドは不愉快だとでも言いたげに顔を歪めたが、即座に座り直させられた。

「シルヴィオ……貴様……」

「このダイヤがここで見つかってしまった以上、あなたのことは、ファミリーのしきたりに則《のっと》って、きっちりと裁かなければならなくなりました。至急、イタリアへ戻っていただきます」

「でっちあげだ！　お前が盗んだんだろう!?　それを俺のせいにしようとするとは――」

「いい加減にしたらどうです」

往生際の悪い叔父に、シルヴィオもさすがに怒りを剝き出しにしたときだった。

アルドの携帯が鳴る。

その直後、レオーネの携帯も鳴った。

だが、電話に出た二人の表情は対照的だ。

にやっと粘りつくような笑みを浮かべたアルドに対し、レオーネは心なしか青ざめている。

（何かあったな――）

シルヴィオは悟ったが、敢えて自ら動くことなく、そのままゆったりとソファに座っていると、先にアルドが動いた。

「――おい」

にやにやとした笑いを見せると、シルヴィオの眼前に、無遠慮に携帯を突き出してくる。

そして、勝ち誇るようにして言った。

「お前の情夫の声が、聞きたくないか？」

その瞬間、傍《かたわ》らにいたレオーネがはっと息を飲む。

なるほど――と、シルヴィオは瞬時に理解した。

おそらく、電話の内容は似ていて真反対のものだったのだろう。

レオーネの元へは、和哉に逃げられたと。

アルドの元へは、和哉を捕まえたと。

きっとそういう内容だったに違いない。

そう理解すると、どうしてか苦笑がこみ上げてきた。

シルヴィオの唇に、薄く笑みが浮かぶ。

捕まってしまうことまでは少々予想外だが、それでも、どこかで予期していたのかもしれない。

和哉は、きっと逃げるだろうと、大人しく言うことを聞いているだけの男じゃないと、そう思っていたから。

そういうところを好きになったから。

シルヴィオは、青くなっているレオーネに片手を挙げ「大丈夫だ」と合図すると共に軽く目配せして下がらせると、目の前に立つアルドを見上げた。

「……ダンターニか？　その電話は」

「ああそうだ。まったく、お前もヤキが回ったな。あんな弱みをほいほい好きにさせておくとは。攫って下さいと言わんばかりだ」

「……」

「あの日本人は、今ダンターニが捕まえてるらしい……。返してほしければ、そのダイヤをこっちに戻せ。戻して、見なかったことにしてお前は大人しくイタリアに帰れ。二つ取り戻せば、もう充分だろう？　『三つ全ては無理でした』と頭を下げて、せいぜい大人しくしていろ」

笑いながら言うと、アルドは「これで助かった」と言わんばかりに胸を張る。

しかしシルヴィオはそんなアルドを一瞥すると、目の前の携帯を取り上げ、部下たちに、アルドの身を確保することを指示した。

「な、何をする!?　俺に何かあれば、その電話の向こうで——」

手勢共々、捕まえられ、アルドは慌てたように声を荒げる。その様子に、シルヴィオはゆっくりと笑った。

「ご忠告には及びませんよ。あなたは勘違いをしている。あいにく、わたしには情夫など一人もいない」

「嘘をつけ！　ダンターニから聞いてるんだぞ!?　レストランをやってる、加々見とかいう男に随分入れ込んでるそうじゃないか。誤魔化そうとしてもそうはいくか！」

「ダンターニなどの言うことをそうやってすぐに信じるから——あなたは愚かなんですよ」

「なっ——」

アルドは顔を真っ赤にして激昂する。しかし、シルヴィオは構わず、「連れて行け」と短く命令すると、もう顔も向けず、手の中の携帯へ視線を落とした。

(切れた――か)

一時は通話中だったこの電話から、どれほどの話が届いただろうか。

自分が発した言葉の半分はアルドへ向けて。そしてもう半分はこの電話の向こうにいるダンターニへ向けてだったが、和哉も聞いてしまっただろうか。

「……………」

シルヴィオは、小さなそれをきつく握り締める。そして一度だけぎゅっと目を閉じると、直後、気持ちを入れ替え、立ち上がる。

「レオーネ」

短く呼ぶと、忠実な秘書はどこからか再び姿を見せた。

「はい――シルヴィオさま」

「和哉はどこだ」

「都内の、小さな倉庫のようです。発信器のマーカーどおりなら、おそらく、ダンターニがコンタクトをとっていた宝石商が持つもののうちの一つかと」

「わかった」

勘のいい、そして主の意図をきっちりと理解する秘書に感謝しながら、シルヴィオは先に立って部屋を出る。

一分一秒でも早く助け出したい――絶対に助ける。その思いで、胸がいっぱいになる。車へ向かう足が、自然に速くなる。早く助けたい。早く――少しでも早く、もう一度この腕に抱き締めたい。許してはくれなくても。

情夫なんかいない。彼はそんなものじゃない。

世界中でたった一人、心から愛しいと思った人だ。

靴音は、いつしか心音より速く響く。

待たせていた車へ乗り込みながら、シルヴィオは和哉の無事をただ祈り続けていた。

◆

「むぅ……」

自ら切ったはずの携帯を睨みつけたまま、ダンターニは低く呻いた。

しかし何事か納得したように頷くと、いずこともなく消えてゆく。

三十分ほど後、再び姿を見せたときには、以前見たにやにやとした笑みを浮かべていた。

人気のない、使われていないような倉庫。今ここにいるのは、和哉とダンターニと、その手下の二、三人だろう。和哉がここへ連れられてきたのは、二時間ほど前だ。

軟禁されていたマンションから上手く逃げたまではよかったが、店の様子を見に行ったところで、この男に捕まってしまった。それから車に乗せられて、ここへ閉じこめられた。

ダンターニの計画では、海外に逃げるつもりのようだ。

『あいにく、わたしには情夫など一人もいない』

ダンターニの携帯から漏れ聞こえた声が、繰り返し耳の奥に蘇る。

忘れよう、と頭を振ると、くっくと笑いながら近づいてくるダンターニの姿が見えた。

逃げようと和哉は藻掻いたが、後ろ手に縛られたまま床に転がされていては上手くいかない。

荷物のように、軽々と胸倉を掴まれた。

「あっ――」

「可哀想に。捨てられましたねえ」

「っ…捨てるも何も、元からただの――」

睨みつけると、下卑た笑みと共にぐっと顎を掴まれた。

そのまま撫で回され、気持ち悪さに怖気《おぞけ》立つ。顔を背けたが、すぐに引き戻された。

「気が強いな。これぐらい活きがいいなら、少しくらいは楽しめそうだ。気が向けば可愛がってやるのも悪くない」

「なんのことですか」

「お前には、しばらくこの俺といてもらうということだ。日本を出る算段もつきそうだし、少し落ちつくまで人質としてな。シルヴィオさまはああ言っていたが…はてさて。本当にお前を捨てたかどうかは……」

「なっ——だ、だいたい…っ…シルヴィオとは何もないって…——」

途端、空いていた手がシャツの釦《ボタン》にかかる。面白がるように一つ一つ外され、胸元が露になる。

直後、指が肌を辿った。

「だったら、これはなんだ？　随分と可愛がられてるようじゃないか」

「あ……」

「まさかこれで何もないとは言わないだろう？　えぇ？」

情事の名残を指摘され、和哉は真っ赤になった。

シルヴィオはとにかく跡を残したがったから、情事の痕跡はそれこそいたるところに露骨に残っている。

以前のものが消えないうちに新しいものを残され、今朝自分で見ただけでも数えられなかったほどだ。

「はなせ……っ！　触るな——！」

恥ずかしい、情交の跡。彼に組み伏せられ、喘がされた証。

さっきまでは、こんなもの早く消えればいいと思っていた。

だが、今はそれよりも他人に触られることのほうが遙《はる》かに嫌だ。

これは、彼が刻んだ時間だ。彼が自分だけに残したものだ。他人に見られることも触られることも、堪らなく嫌だった。

「離せよ！」

叫ぶと、和哉はぶつかるようにしてダンターニを突き飛ばす。

気配が、暗く変わったのがわかった。

伸ばされた手に、首を締め上げられる。

「いい度胸だな。それとも馬鹿か？　自分の立場がわかってないのか？」

「つあ……」

「アルドがしくじった以上、俺もあまりのんびりとしていられないんだ。使えるものはなんでも使うし、色々と――たっぷりと利用させてもらう」

「あ…っ」

首から手が離れたと思えば髪を摑まれ、乱暴に揺さぶられる。

肩がゴッゴッと壁にぶつかり、痛みがこめかみを締めつける。

「っ……」

這い上ってくる恐怖に、呻き声を上げると、それに満足したのか男は喉の奥で笑った。

「ほぅ？　怯えた顔はまた一興だなぁ」

「やめろ……っ――！」

男の手に再び胸元を撫でられ、和哉は引きつった声を上げた。今度の男の手は、先刻とはまるで違っていたのだ。湿った掌と異様な光を放つ目。

「あのシルヴィオさまが夢中になる身体がどんなものか、俺も味見させてもらうとするか……」

虫に這い回られるような不快さが、喉の奥からこみ上げてくる。

「嫌だ…っ――！」

叫んだ、そのときだった。

ゴ……ッと重たい音が響いたかと思うと、倉庫の扉がゆっくりと開く。

はっと見れば、見覚えのある長身が逆光に浮かび上がっていた。

「和哉――！」

シルヴィオだ。

目を凝《こ》らせば、単身近づいてくるのが見える。

「ほおお」

すると、ダンターニがニヤリと笑い、大仰な声を上げた。

和哉の胸倉を摑み、引き摺り上げるようにしながら、ゆっくりと立ち上がる。

「これはこれはシルヴィオさま。わざわざのご足労、痛み入ります。まさか、お一人で……？」

「なんの用意もなく来るほどの考えなしじゃないつもりだ。だが…今は一人だ。お前ごときに手助けがいるようではわたしが笑われるだろう」

「はは。さすが――アルドとは器が違う」

「ダンターニ、お前もいい加減にしておけ。今すぐに投降するなら身の振り方は考えてやってもいい。和哉を離せ」

「いい加減にとは……何をおっしゃいますやら。俺はただ、アルドに忠誠を尽くしていただけです」

「軽々しくその言葉を使うな。忠誠も尽くすも、お前から縁遠い言葉だろう。卑怯者が」

低く、地を這うほどの声でシルヴィオが言うと、ダンターニの眉がぴくりと跳ねた。

「卑怯？　たまたま生まれに恵まれただけで、偉そうにしている奴のほうがよほど卑怯ではありませんか？」

「だからアルドの裏で糸を引こうとしたのか」

「少し知恵をお貸ししただけですよ。ですが――あなたがここに来たということは、もうあの人は使えないということなんでしょうな。そしてこのままなら私も裁かれる…と……」

独り言のように言うと、ダンターニはおもむろに拳銃を取り出す。

その鈍い光に、和哉の身体を恐怖が包む。逃げたいが、逃げれば引き金を引かれる気がして固まったように動けなくなる。ダンターニがにやりと笑った。

「ですがシルヴィオさま、私はあの男のような馬鹿じゃない。逃げるため、逃げ切るためにはどうすればいいか、よぉぉく知っています。まずは、そう――この男を離してほしいなら、百万ドルほどご用意いただきましょうか。預かり料ですよ。あなたほどの方がわざわざ助けに来るような者の命だ。それぐらいは妥当でしょう」

上擦ったダンターニの声が、間近から届く。聞きながら、和哉はごくりと息を飲んだ。

（百万ドルって……）

一億円以上。とんでもない金額だ。

それを、シルヴィオがこの男に渡すかもしれないと思うと、堪らなく嫌だった。

あの部屋から逃げたせいで、捕まったせいで、こんな男にシルヴィオがと思うと、恐怖をも超える抵抗感が湧いてくる。

「シルヴィオ！　こんな奴の言うこと、聞かないで下さい…っ！」

「和哉……」

「来てくれただけで、もういいです……！　あなたの言うことを聞かなかった僕が悪くて――だから…っ！」

舌が上手く回らない。怖くて堪らない。歯の根が合わず、全身に冷たい汗が浮いている。

死をこんなに身近に感じたことはない。それなのに、そんなときなのに、気になっているのは自分以外の人のことだった。

すると、コツリと靴音が響いた。

ゆらりと空気が動いたかと思うと、シルヴィオが近付いてくる。

見つめてくる視線の強さと鋭さに、ダンターニが、気圧《けお》されたようにごくりと息を飲んだ音が聞こえた。まさかそこまで怒らせてしまうとは、といった表情だ。

想像以上のことが起きているという様子で、和哉を人質にしているにも拘わらず、明らかに狼狽していた。

「っく……っ」

「随分となめてくれるな、ダンターニ」

「う、うわ……」

「わたしの恋人が百万ドルだと？」

「く、来るな！　こいつを撃つぞ！」

一歩一歩シルヴィオが近づいてくる怖れに耐えかねたように、ダンターニは声を上げる。そして、持っていた銃を和哉の鼻先にちらつかせた。

しかし、シルヴィオの足は止まらない。

「来るな！」

そしてとうとう五メートルの距離もなくなると、ダンターニは和哉を突き放し、銃口をシルヴィオへ向けた。

和哉がはっと息を飲むと同時に銃声が響き、辺りに硝煙《しょうえん》の匂いが漂う。二度、三度とそれは続き、そのうちの一発がシルヴィオの左腕を掠めたのがわかった。

「シルヴィオ！」

血が、みるみるスーツの色を変えていくのが見える。

だが足は止まらない。そのまま近づいて来たかと思うと、シルヴィオは傷ついた身体にもかまわず、銃を持つダンターニの手首を掴み上げた。

「は、離せ！　はな…ぐぁ…っ――」

直後、ドスッと何かを殴りつけるような鈍い音がしたかと思うと、獣じみた悲鳴が上がる。

思わずぎゅっと瞑《つむ》っていた目を開けると、海老のように身を縮め、藻掻きながら倒れていくダ

ンターニの姿が見えた。

次いで、バタバタと黒服の男たちが雪崩れ込んできたかと思うと、シルヴィオの指示に従うようにしてダンターニを連れて行く。

何が起こっているのかと目を瞬かせていると、床へ突き飛ばされたままの和哉の傍らに、シルヴィオが跪《ひざまず》いた。抱き起こされ、縛《いまし》めを解かれ、擦れて赤くなった縄目を、優しく何度も撫でられた。

「シルヴィオ……？」

「ああ」

無事を確かめたくて名前を呼ぶと、安心させるような微笑みが返る。堪らず、和哉は目の前の身体にしがみついた。

「シルヴィオ！」

「遅くなって……すまなかった」

宥めるような声が届く。背を抱かれ、何度も何度も撫でられる。

「……シルヴィオ……」

怖かった気持ちも、助けられた安堵も、撃たれた傷への心配も、また会えた喜びも全てを込めて名前を呼び、ぎゅっと抱き締めると、何もかもを受け止めてくれるかのように抱き返される。

「和哉……」

そして呼び返される声と共に触れ合う唇は温かで、和哉は零れる涙を抑えられなくなった。

「ん…っん……」

啄《ついば》むようなキスを何度も交わし、抱き締めた腕に力を込めては互いの存在を確かめる。

やがて、辺りに静けさが戻り、和哉の鼓動も落ちつくと、濡れた目尻に口付けられ、優しく髪をかき上げられる。穏やかな双眸が見つめてきていた。

綺麗な、二つの貴石。どちらも好きだと感じ入っていると、その耳に声が届いた。

「また…巻き込んでしまったな……」

「……シルヴィオ…」

「きみだけは何があっても護りたいのに…わたしのせいでまた危ない目に……」

「そんな…これは、僕があなたの言いつけを聞かなかったからです。意地を張って…そのせいで」

「だが、きみをそこまで頑にさせたのもわたしだ。それに、これからだってわたしに関わる限り似たことがないとも言えない」

シルヴィオの美貌が、悲しげに歪む。だが、その後、真っ直ぐに見つめてきた瞳はどこまでも澄んでいた。

「そう——わかっているんだ。自分の立場も、わたしと一緒にいることで、きみに負担を背負わせることも。でも、きみをわたしのものにしたい。今度こそ本当に、きみをどこへもやりたくない。わたしの腕の中に、ずっと留めていたい」

「…シルヴィオ」

「なかなか素直になれないきみが好きだよ。きみのことを愛してる。一生かけてきみを知って、護って、幸せにしたい……誓うよ。わたしのものになってくれ。……愛してる」

伝えられる愛は、優しく胸に降り積もる。それはいっそ苦しいほどで、和哉は思わずぎゅっと胸を押さえた。

立場も、住む世界も違う男。けれど、彼が一番自分に近く感じられるのだ。彼だけが、隠していた本当の部分に触れた。

「……僕は……」

何かに背を押されるように、和哉は唇を開いた。

「僕は……マフィアなんか嫌いです。事件に巻き込まれることだってまっぴらだし、危ないことだって嫌いです」

「ああ」

「あなたのことだって、嫌いだった。いつも余裕たっぷりで、人のことをからかってばかりで。でも、あなたと好きなものが似ていることが嬉しかった……」

思い出しながら、和哉は続ける。

「だからもし…いつか、もし誰かにありのままの自分を見せることがあるなら、それはあなただろうと思いました。あなた以上に僕のことを理解してくれる人はいないと思った。店があんなことになっても、あなたを嫌いになりきれなくて……」

そして和哉はシルヴィオを見つめ返す。

「僕も、あなたのことが好きなんだと思います。……好きです。マフィアなんか嫌いだけど、悔しいけど、あなただけは特別で……愛してます」

幾分意地を張ったまま、ぎこちなく小さな声でそれだけを言うと、和哉はぎゅっと唇を引き結ぶ。頬が熱くて、これ以上もう一言も何も言えなくなる。

けれど、喩《たと》えようもなく嬉しそうな微笑みと、「ありがとう」と囁かれた後の口付けは、頑なな和哉の唇を再び解くのに充分足る甘い甘いものだった。

その後、いつかのマイバッハに乗せられて着いたのは、以前とは別のホテルだった。

シルヴィオは、こうした隠れ家を常にいくつか持っているらしい。車中でそれを教えられ、和哉は苦笑するしかなかった。

「マフィア……か……」

居場所もはっきりとしないような、そんな男。

湯上がりのバスローブ姿で、まだ濡れた髪のまま、和哉は夜景を見下ろしながら呟く。すると、同じくバスローブ姿のシルヴィオは、窓に映る貌を僅かに曇らせた。

「ああ。マフィアだ。これからもずっと」

「ずっと……」

「大きな組織の庇護がなければ生きられない者たちもいる。わたしに忠誠を誓って、わたしのために生きることを生き甲斐にしている者もいる。……裏切れない」

「そう…ですか……」

「……怖くなったか」

「……」

「嫌になったか?」

背中越しに抱き締めてくる腕は、どこか控えめだ。和哉は微かに目を伏せ、しかし振り向かないまま首を振った。

「いいえ。ただ、驚いているだけです。まさか自分がそんな人と知り合うとは思っていませんでしたし」

「そうだろうな」

「好きになるとも……思ってなかった」

「……和哉」

「僕もあなたも男だし、初めて会ったときだって、その次だって、いつも人の欲しいものを持っていって。嫌な人だと思ってました」

抱き締められたまま、思い出しながら言うと、くすりと苦笑が聞こえた。うなじを掠める息に小さく跳ねる肩を隠すように、和哉は「それに」とわざと大きめに声を継いだ。

「身の丈《たけ》にあったオークションにしろなんて、偉そうに言うし、人を騙してキスをするし……大嫌いだと思っていました」

抱き締めてくる腕が、ゆっくりと強さを増す。今度ははっきりとうなじに口付けられ、背筋に震えが走る。

「顔を見れば人のことをからかうし、一人だけいつも余裕ぶって……っ、ぁ…――」

「それから？」

「だから……っ……あなたのこと、なんか…絶対……好きになるわけ…っない……って……」

「随分嫌われていたんだな」

首筋を優しく吸われ、かと思うと軽く歯を立てられ、そこから、溶けるような官能が身体中に広がってゆく。

立っていられなくなるほどの快感に、崩れるように広い胸の中に背を預けると、長い指が優しく頤に触れた。掬い上げられ、肩越しに口付けられると、体奥が切なく疼く。

「っふ……っ」

「文句は言い終わったかな？　他に言いたいことは？」

「あ…っ…ッン、んんっ……」

「ないなら、このままベッドへ連れて行くよ？」

「っあ…っ」

答えられないままに頭を振ると、その直後、ふわりと抱き上げられた。

そのまま寝室へ連れて行かれ、新しいシーツの上に下ろされたかと思うと、また口付けられる。

幾度となく髪を撫でられ、耳元をくすぐられたかと思えば愛してると囁かれ、それだけで目眩がするほどの心地好さがあった。

「つん……っ…ア…っ…腕…は……」

「気にするほどの怪我じゃない。……慣れてる」

「んっ……っ」

「でもきみに心配されるのは嬉しいな。多少不自由だが、これなら悪くない気がするよ」

「何言っ、て……っあ……っ――」

咎《とが》めるように言ったが、それはすぐさま吐息に溶ける。

息まで欲しがるような、深いキス。そうして貪《むさぼ》られたかと思えば、悪戯《いたずら》のようにちゅっと何度も唇を啄まれ、和哉はいつしか口付けに夢中にされる。

「ん、んッ…」

そしてゆっくりと全身が熱を帯びると、シルヴィオはバスローブを脱ぎ落とす。均整のとれた完璧な体軀《たいく》に見とれていると、和哉の纏《まと》っていたバスローブもするりと解かれる。

肌と肌の触れる、心地好い感触。だが、生まれたままの格好を見せる恥ずかしさには、やはり慣れない。

頬を染めると、笑みを形作ったシルヴィオの唇はその頬に触れ、そっと耳元に流れる。

「綺麗な身体だ。瑞々《みずみず》しくて、ずっと見ていたくなるよ」

「そ…んな…こと……っ……」

「愛してる……」

「っ…あ……っ」

「愛してるよ——和哉。男が男をじゃない。わたしがきみを、だ。わたしをその辺りの男と同じように思うな」

「っは……っあ——」

「しっかり覚えておけ。シルヴィオ＝マルコーニが愛しているのは、世界中で一人——きみだけだ」

「シルヴィオ…っ…あ…っはぁ……っ」

愛の言葉を何度も囁かれ恥ずかしさに真っ赤になれば、その耳朶《じだ》を音を立ててしゃぶられ、和哉は早くも官能の渦に放り込まれる。

ゆっくりと、全身を包む快感。

「っふ……」

唇も指も、シルヴィオのそれだと思えば全て心地好くて感じてしまう。

摑まれたところ、撫でられたところ、口付けられたところ——それら全て、いつまでもじわりと痺れている。肌の奥深く、見えないところに熱を刻まれたかのようだ。

いつまでも疼いて、堪らなく熱い。

「綺麗な色だ」

「っ——」

声と共に、胸元の突起に軽く歯を立てられ、刺激に肩が跳ねる。

初めてではないのだし、なんでもない顔でやり過ごしたいと思っているのに、本当に心が通い合い、想いを打ち明けた後のセックスはそれまでのものとまるで違う。

肌が触れ合うだけで、息がかかるだけでおかしくなるほど気持ちがいい。心底から全身を委ねられることがこんなに幸せだと思わなかった。

「っあ…っ、ん、んんっ……」

「逃げるな」

「でも…っ」

とはいえ、羞恥心は未だ残っている。好きな相手だからこそ恥ずかしい、ということもあるのだ。まだほんの僅かな愛撫なのに、もうこんなに息を乱している自分を知られたくない。

「は…っぁ…──」

「じっとしていろ…怖いことはしない。わかってるだろう？　わたしがきみに酷いことはできないってことは」

「うそ…っ…ばっかり…っ」

恥ずかしいから嫌だと何度も言っているのに、シルヴィオは相変わらず胸の突起を弄《いじ》り続けている。

捩られ、指の腹で擦られるたび、湧き起こる快感は細波《さざなみ》のようにそこから広がり、臍の奥へ、腰へ、背筋へそして全身へ──髪の先まで広がってゆく。

「っは…っあ、ァ」

「どんどん赤くなるな……」

「んっ…うん…あ…んっ——」

チュクチュクと音を立てて吸われ、恥ずかしさに涙が滲む。それなのに快感は絶えることなく湧き上がり、逃げ場のない快楽の淵へとじりじりと追いつめられる。

「ん、んっ……——」

唇で、舌で、歯で。繰り返し愛され続けている乳首は、自分ではどうしようもなく感じる箇所に変わってゆく。右も左も、舌と指で弄られ続け、いつしかふっくらと勃《た》ち上がれば、一層執拗に嬲《なぶ》られる。

恥ずかしくて堪らないのに摘まれては嬌声が零れ、クリクリと捏《こ》ねられてはとろけた息が漏れる。

「あ…っや……もぅ…っ」

「可愛いな。ここで感じる和哉は、凄く可愛いよ」

「この…っ……っあ、ぁア——っ！」

からかうような声に、一言言い返してやりたいのに舌が縺《もつ》れる。

引き剝がしてやりたい、と、のし掛かってきている肩に指をかけるが、そこから力が入らない。

それどころか、形を変えた性器を、ついシルヴィオの身体に擦りつけそうになってしまう。

全身がじんじんして、燃えるように熱くて堪らない。

恥ずかしさに身を捩ると、諫《いさ》めるように乳首に歯を立てられた。

「っあ…っ」

「気持ちいいみたいだな」

笑い混じりに尋ねてくる意地悪さが、憎らしい。

感じているかどうかなんて、彼が一番よくわかっているはずだ。

自分の身体なのに何一つ思うとおりにはならず、口付けのたびに乱れる息も、そっと握られただけで固さを増す性器も、全て彼の思うままなのだから。

「もう……やめろ……よ……そこ…っ…ぁ——」

「どうして。こんなに感じてるのに？」

「ア…っ！」

「きみの身体がどんどん変わっていくのが嬉しいよ。少しずつわたしのものになっていくようで——堪らない」

「ぁ——ッ、っあ…ァあっ……！」

「そういうのを知ると、愛しくてどうしようもなくて、もっと感じさせたくなるよ」

「ん、んんっ——」

声と同時に、長い指が性器に絡む。

乳首を吸われたかと思えば性器を巧みに揉まれ、扱かれ、恥ずかしいのに、膝は開いていくばかりだ。

彼に見られていると思えば羞恥で目の奥が赤くなるほどなのに、身体は言うことを聞かず、愛撫のたびに脚は一層大きく開いてしまう。

　やわやわと揉まれるたびに、腰はゆらゆらとゆらめいてしまう。

　もっともっと——とさらなる刺激を求めるように、欲深く身体が変わっていく。

「ぁ…っあ、ァ——っ…駄目……っ」

「駄目？　どうして」

「っ…ァ…！　ん、んんッ——」

「ここはもうベタベタなのに、こんなにして、まだ駄目——か？」

「ぁ…っあ、ぁああ…っ——」

「乳首だってこんなに固くしてるのに？」

「そ、んなこと…言うな……っ…ァ……！」

　性器と乳首と。感じる箇所を戯《たわむ》れのように交互に刺激され、全身が大きく波打つ。

　弄られ続けている乳首は、もう吐息が掠めるだけでぞくぞくと身体中が粟立《あわ》つようだ。

　そして揉まれては扱かれる性器は、既にはっきりと形を変え、後から後から蜜を零している。

「シルヴィ…っ…ァ…——っ」

「そんなに頑なだと、一度は正直になるまでやめられないな。それとも——そうやって俺を誘ってるのかな」

「ちが…っ、は…っあ……っ」

　吹き込まれる艶めかしい声に、身体の奥までかき乱される。

「だったら、正直に言ってごらん。気持ちがいいって」

「そ…んな…の……っ」

「言うまでやめないよ？　きみに嫌がられたままやめるわけにはいかない」

「そん…な…っあ、あっ…――」

感じすぎる身体が怖くて、和哉は藻掻くようにして頭を振る。しかしそうして逃れようとしてみても、淫楽に縛られた身体は、ただ身悶えるだけになってしまう。トロトロと溢れる蜜に濡れた性器は、張りつめ、もうあとほんの少しの刺激で達してしまいそうだ。

「ゃ…っシルヴィオ…っ…――」

「何？」

「もぅ……っ……」

だが、そうして間近の絶頂を訴えた途端、シルヴィオは指の動きを緩慢《かんまん》なものに変える。焦らすようなその仕打ちに、和哉は大きく身を捩った。

「ん…ッ……んッ……」

もどかしさに、涙が溢れる。摑みかけていた快楽が、するりと指の間から零れていく。和哉は、幾度も頭を振ると、ぎゅっとシーツを握り締めた。

「シルヴィ…オ……っん、ん……っ」

「気持ちがいいんだろう？」

「ん…っ…っふ……っ」

「ん?」

「っ…んっ、ん、っ…い、ぃい……ッ――」

「いい?」

「ぃ…ぃ…ァ……っア…いい…っ……」

やがて、耐えられず淫らな言葉を唇に乗せ、縋るようにしがみつくと、次の瞬間、ふっと笑った気配が届く。そして、もう何度目になるかわからない口付けを繰り返されたかと思うと、シルヴィオは不意に身を剝がす。

えっ、と思った瞬間、昂ぶった性器はすっぽりとシルヴィオの口内に含まれていた。

「あ……っ!」

想像もしていなかったことに、驚き混じりの嬌声が零れる。

引き離そうと肩に指をかけたが、温かな粘膜に包まれたかと思えば舌先で先端を穿《ほじく》られ、それもできなくなる。

強すぎる刺激に、目の前を白い光が何度も過ぎった。

「あ…っあ、ぁああ…――っ!」

音を立てて舐められ、吸われ、唇で扱かれるたびに背が撓る。

その上、再び熱っぽく指を使われれば、さほど長くは保たなかった。

「っァ…――っ……」

情欲に濡れ、掠れた声が寝室に響く。

びくびくと小刻みに震え続ける身体は、自分のものとは思えないほどの淫らさだ。吐精の快感と恋人の口に零してしまった恥ずかしさ。

赤くなったまま声も出せず肩で大きく息を継いでいると、口元を拭いながらシルヴィオが見下ろしてくる。

「あっ――」

雄を感じさせる色香に、達したばかりのはずの総身に、再び淫らなわななきが走る。

次の瞬間、広げられていた両脚をぐっと抱え上げられた。

あられもない格好に、全身が朱に染まる。

だが、羞恥に身悶える和哉をよそに、シルヴィオは窄《すぼ》まりに指を伸ばしてくる。

零れた精液を掬ってはそこへ塗りつけると、ゆっくりと指を沈めてきた。

「ぁ……ぅ…――」

「力を抜いて。大丈夫だよ」

「や…っ、恥ずかしい…って…――」

「恥ずかしくないよ。慎ましくて、綺麗だ――」

「んぅ…――っ」

「そう――ほら、もうちゃんと柔らかくなってる」

「う、るさ…い……っ」

「美味しそうに熟《う》れてるよ。自分でもわかるんじゃないかな。ほら――」

「いぁ…っ、や……っ」

「ここが柔らかくなってるのが」

「あ、あ、あァっ、はあっ……！」

身体の内側をぐりぐりと刺激され、立て続けに甘い声が漏れる。

見えない柔らかな部分を嬲られる感覚は、被虐的で倒錯的な目眩と共に理性を削り始める。

チュプチュプと淫靡《いんび》な音を立てて何度も抜き挿《さ》しされたかと思えば、同時に双珠を揉まれ、広げられた内股がビクビク震える。

やがて、指に代わってもっと大きなものが押し当てられたかと思うと、窄まりをぐっと押し広げられた。

「あん…っ……」

ゆっくりと埋められていく屹立《きつりつ》。内臓を押し上げられる圧迫感に、息が詰まる。

だがその苦しささすら、今は幸せにも思えた。

じりじりと腰を進められ、一番太い部分がグッと粘膜を抉《えぐ》る。

その刹那、かつてない快感の予兆に、目の前がスパークした。

「あ…っあ——」

さらに腰を進められ、大きく背が撓った。気持ちがよくて、おかしくなりそうだ。同性に組み敷かれ、貫かれているのに、穿《うが》たれた窄まりはもっと奥へと誘うように蠢動《しゅんどう》している。

「上手だよ…上手《うま》く飲み込めてる」

「ぃ…ぁも、言う…なっ……っ」

耳元で囁かれ、恥ずかしさに涙が滲んだ。自覚していないだけになおさら恥ずかしい。しかしそのまま耳殻を含まれ音を立ててしゃぶられれば、堪らない淫楽がこみ上げてくる。

広い肩。逞しい腕。そこに巻かれた包帯が視界を過ぎるたびに、胸が切なく軋む。彼のこの手がこの腕が、自分を護ってくれた。

溢れる愛しさを抑えられず、和哉は抱えた恋人の髪を、何度も掻き乱した。

「ん、んんっ…」

やがて、ほぼ全てを飲み込み、軽く揺すり上げられたかと思うと、今までにないほどの近さを感じた。触れ合っていないところにまで彼の体温を感じ、双珠に彼の叢《くさむら》が触れる感触がある。生々しさに全身が灼《や》けるようだが、髪を撫でられ口付けられれば、それさえもが快感に変えられてしまう。

シルヴィオは、和哉が焦れるほどたっぷりの時間をかけて愛情を伝えてくる。

挿入の後もすぐに動くのではなく、繋がっていること自体を楽しむように口付けてきては愛してると繰り返すのだ。

「はっ……っ」

「和哉……」

「んっ――」

「いい匂いがする。綺麗な髪だ……」

「ん、んっ……！」

「頰も滑らかで……。ここも――指が吸いつくようだよ」

「あ、あ…っ――」

声と共に双丘をゆっくりと揉まれれば、はずみで、銜《くわ》え込んでいる肉をつい締めつけてしまう。

太い肉の、その逞しさがはっきりとわかるほど締めつけてしまえば、快感を得ると共に恥ずかしさに全身が赤くなる気がした。

ほどなく、ゆっくりと動かれると、快感はさらに増してゆく。

大きく開いた脚の間、剛直が抜き挿しされるたび、背筋に電流のような細かな震えが走った。

「ふ…あ、あぁ……」

舌もろくに回らず、息をする方法すらわからなくなる。しがみついて、ぎゅっと爪を立てると、次第に激しく突き上げられた。

「あ、あッ、ああっ――！」

「凄いな…和哉は……ッ――」

「ア…ん、ん…っ」

「今までとは、全然違う……」

「あ――ァ……！」

「きついのに、絡みついて……飲み込まれる、な……」

「っは…っ、ァ、あっ、あああっ…――」

乱れた息が頬や首筋を撫で、それらにまた煽《あお》られる。

露になる首筋に口付けを繰り返されれば、銜え込んでいるところは絶え間なくヒクつき、もっと深く、と恋人を誘う。

「あっ…ァ、あっ…あ…──」

見つめられると、その視線の熱さに身体が溶け崩れていくようだ。揺さぶられるたびに波のように快感が押し寄せ、攫われては恍惚の高波に放り込まれる。

「シル…ヴィオ…っ……」

「和哉──」

「シルヴィオ……っ」

「和哉…素敵だ…」

「シルヴィオ…っ、シルヴィオ…っあ、ああっ…──」

「っ──」

「もっと…っもっ、あ、あッ──」

「もっと?」

「んッ…もっと…もっとほし…ぃ……ア…!」

「うん?」

「いいっ…ィァ…っん…おく、が…っ奥が…あ、ぁあっ──」

もっと欲しくて腰を揺すると、二人の身体の間で屹立が嫌と言うほど擦り上げられる。

ぶつけるようにして突き上げられ、さらに腰をくねらせると、立て続けにぐりぐりと穿られた。

肉が抉られ、熟れた粘膜が擦られる感覚に、堪らない快感がこみ上げてくる。

その上、乳首を嫌というほど捩られ、弄られれば、受け止められないほどの快感が押し寄せてくる。

「あ…っあ、ぁああっ――」

一秒ごとに息が混じり、汗が混じる。

絡み合う愛と情熱が、二人の四肢を溶かして混ぜる。

「シル…っあ、ああっ――ッ」

「和哉――」

「シルヴィオ…っ…っん……」

「和哉…和哉――愛してる……」

「シルヴィ…っあ、僕も…好き――…ッ…ぁ、ああっ、ァ――！」

抱き締め合って、口付け合って愛してると告げ合うと、身体の奥が大きくうねり、瞼の裏で光が跳ねる。

「ん、んっ、ぁ……は…ァ…っ……」

啜り泣きのような喘ぎが溢れた瞬間、背骨が軋むほどにきつく抱き締められた。

「ん…っふ……っ……」

そのまま立て続けに熱を捻じ込まれ、その上深く口付けられれば、身体中がシルヴィオでいっぱいになる。

「和哉……っ」

「シル…っ…あ、ァ、い…ぃ…ク…ッ――」

次の瞬間、充填され続けていた欲望が、一気に溢れた。

「つぁ…――ッ……」

欲望に濡れる身体。

抱き締めてくる腕の強さと、これ以上なく気持ちのいい恋人の重みを全身で受け止めながら、和哉は乱れた息もそのままに、やっと出会ったたった一人の男の背を、いつまでもしっかりと抱き続けていた。


その後の二人は、特に取り決めたわけでもないのに、アンティークショップ巡りのデートが多くなった。

大抵は都内のどこかを、そしてときには少し遠出をして、ドライブをかねて。

どうしても時間がないときも、寸暇を惜《お》しんで顔を見て抱き締め合ってキスをして――そして相手の姿が見えなくなるまで見送る。そんな逢瀬《おうせ》だったが、少しでも時間が空けば、シルヴィオは和哉を連れ出したがった。

朝に、昼に、夕に、夜に。

毎日のように会いたがるシルヴィオに対し、和哉は無理だと突き放したこともあった。

だがやがて、ある事実にうっすらと気づいてからは、極力付き合うようになった。

「会いたい」と何度も言う彼なのに、「もしもまた」を気にして、一度も店へは来ないこと。

そして彼は、もう少ししたら日本を離れてしまう。

そう、気が付いてからは。

彼は、本当なら、先にイタリアへ帰った——帰されたアルドやダンターニと前後して、帰国の予定だったらしい。取り戻した家宝と共に帰国し、犯人とその共謀者である二人についての処分を検討する——そういう予定だったようだ。

だが、今はその予定を無理矢理変え、あれこれと理由をつけては僅かな部下と秘書だけで日本に留まっているらしく、レオーネも交えた食事の折にそれを知った和哉は、以降、自分のほうからもデートに誘うようになった。

といっても恥ずかしさが拭えず、他人が見ればとてもデートの誘いとは思えない素っ気ないメールや電話だったが、それでも離れたくない想いは同じくらいにあったのだ。

そしてそんな想いは、今日も密やかに発揮されていた。

明日の昼には、とうとう日本を離れるシルヴィオ。

今日どうしても会いたいと言ってきたのは彼のほうだったが、和哉もまた、今日は初めて店を休んだ。定休日じゃない日に、初めて。

店は、修繕と改装も終わり、再び忙しくなった。嫌がらせを受けた店として、妙な噂を立てられやしないかと風評被害だけが心配だったが、早めに一旦店を閉めたことが幸いしたのか客足に大きな変化はなかった。

むしろ、増えたといえるだろう。シルヴィオの申し出もあり、以前にも増して雰囲気がよくなったからだ。

グレードを上げたカトラリーやグラス、カップやプレート。店と料理を彩《いろど》るそれらは、その多くがシルヴィオからの贈りものだ。和哉は遠慮したのだが、シルヴィオはずっと気にしていたらしく、「せめてこれだけは」と譲らなかった。

だから和哉も、それならと大切に受け取った。シルヴィオに、いつまでも負い目を感じさせたくなかったから。

そしていつものように馴染みの店と初めての店を巡り、寄り添って時間を過ごした。

思い出になる、日本最後のデート。

そんな夜、和哉は、シルヴィオに連れられてホテルの部屋へ入るなり、目を丸くした。

「え……」

驚きで声が出なくなる。

そこには、溢れんばかりの色とりどりの花と、見るも豪華な料理が用意されていたのだ。

それも、よく見れば、料理がセッティングされているテーブルや、その揃《そろ》いのソファは、あの客船にあったものだ。二人でワインを飲んだ、あの……。

「これは……一体……」

「最後の夜だからね。ホテルに頼んで、運び込ませてもらった。あのときとなるべく同じにしたくてね」

驚く和哉に対し、シルヴィオは悠然《ゆうぜん》と微笑んでいる。そして和哉の手を取ると、ソファへ座らせた。

「但し、ワインは違う。わたしが選んだもので……グラスは、これ」

そして、ちらりちらりとワインとグラスを見せられ、和哉はさらに目を丸くする。思わず身を乗り出した。

「これ…このグラス、間違ってなければ以前ニューヨークで見たバカラなんですけど……」

「ああ――さすが。覚えてるんだね」

「欲しかったのに、落札できなかったものの一つですから」

悔しい思いをしたことを思い出し、和哉はつん、と答える。しかし同時に、驚きつつ高揚していた。

まさかここで出会えるとは思っていなかった。このグラスも、とても気に入っていたのだ。わざと少し色を入れているせいで透明度は落ちるが、そのため、他のグラスにはない、なんともいえない温かみがある。

つい見とれていると、流れるような手さばきでワインを開けたシルヴィオが、そのグラスに静かに注ぐ。

「……白ワインなんですね」

理由を聞きたくて見つめると、「そう」と柔らかな声の返事が届く。

「理由は二つ。一つは、赤だとこの間、きみが選んでくれたものと張り合うようになってしまうから、避けたかった。さ、どうぞ」

「……もう一つは？」

グラスを渡されながら尋ねると、シルヴィオも隣に腰を降ろす。そして、持っていたグラスを部屋の灯にかざして見せた。

「もう一つは、赤だと、わたしがこのグラスを気に入ったところと、ワインの色味の両方を消してしまうようでね。これは、少し色が入ってるから…白か、せいぜいロゼのほうが綺麗に見える気がするよ。ありていに言えば、美味しそうに見える」

香りを楽しむようにグラスを揺らしながら言うシルヴィオに、和哉は密かに赤くなった。

（やっぱり似てる……）

そう感じると、嬉しくてくすぐったくて、気恥ずかしくて、そわそわしてしまう。

身じろぎすると、「ん？」と窺うようにシルヴィオが見つめてくる。

優しい双眸。どちらも好きな、翡翠と琥珀の瞳。

和哉は見つめ返すと、そっと口の端を上げ、緩く首を振った。

「なんでもありません。いただきます。何かに乾杯しますか？」

「ああ…そうだね。なら——二人の愛ときみの美貌に」

「じゃあ、二人の…愛と、未来に」

恥ずかしさに、つい口籠ってしまう。飲む前から目元を染めていると、目の前のシルヴィオがおかしそうに笑う。

「もう真っ赤だよ、和哉」

「それは…だって……」

「肌が薄く染まって——色っぽいな」

声と共に、掠めるような口付けが頬に触れる。

赤くなったまま睨んだが、潤む視界に映るのはとろけるような優しい笑みだ。

リラックスした甘い微笑みに、和哉の胸中にも嬉しさが広がってゆく。

ともすればその身を危機に晒しかねない彼が、今は心の底から寛いでいると感じられるから。

「……乾杯」

「乾杯」

そして、いつかのようにグラスを交わし合えば、こうなることは必然だったのかもしれないと、和哉には思えた。

「……美味しいです」

「それはよかった。これはね、きみに初めて声をかけた日の——あの日のオークションで落としたものだよ」

「え？」

「あの城のセラーにあったもののうちの一本だよ。あのときから運命が動き出したと思うと、日本を離れるまでにどうしてもきみと一緒に飲みたくて……。イタリアの自宅までレオーネに取りに行かせた」

「え…もしかして、このワインを取りに行くためだけにあの秘書の方を飛行機で往復させたんですか？　わざわざそんなことを!?」

あまりのことに和哉が尋ねると、シルヴィオは「そう」と頷く。

「とても怒られたけどね」

とつけ加え肩を竦めたが、その表情は、どこか少年のように無邪気で幸せそうで、見ているだけで胸がいっぱいになる。

和哉は、目の奥が熱くなってくるのを隠すように、再びグラスに口をつけた。

こうして仲が深まれば深まるほど、好きになればなるほど、今まではわざと直視せずにいた「別れ」という現実が、急に胸に迫ってくる。

日本と――イタリア。

心は繋がっていると信じていても、決して近くはない距離だ。

思わず、溜息が零れる。

しまった、と慌てて顔を上げると、シルヴィオは苦笑していた。

「す、すいません。あの……」

「いいよ。わかってる。それに、和哉は憂い顔も綺麗だ。出国の前に、また新しい表情を見られて嬉しいよ」

そして苦笑を悪戯っぽい表情に変えると、「わかってる」ともう一度繰り返した。

きっと今の「綺麗」もわざとなのだろう。

からかって、怒らせて、そうやって泣かせないようにするために。

和哉が泣かずに済むように。

そんな思いやりを、かけがえのない幸せだと感じながら見つめ返すと、シルヴィオはゆっくりと口を開く。

「大丈夫だよ。またすぐ会える」

「シルヴィオ……」

「今回の件の一切が終われば、またすぐに日本に来る。ちゃんときみに会いに来るよ。そうじゃないと、会いたくなって苦しくて死んでしまう。わたしにとって、きみは水であり太陽であり空気なんだ。長く欠けると、きっと生きていけなくなる」

そうしてにっこりと微笑まれれば、嬉しい反面、寂しがっている自分の気持ちをすっかり見透かされているようで、恥ずかしいし悔しくなる。

和哉は、見つめてくるシルヴィオからふいと視線を逸らした。

そして、残っていたワインをきゅっと飲み干すと、

「わざわざそんなこと言わなくても、あなたなら用事が終わればすぐに会いに来たがることはよくわかってます」

と、ぶっきらぼうにそう告げる。

「僕も、会いたいと思っていますから」と小さな声で続けることも忘れずに。


「ああ——あと十二時間ぐらいだな……」

やがて、二人でワインを空け、料理もあらかた食べ終えると、シルヴィオは時計を見つめ、そして窓の外の月を眺めて寂しそうな顔を見せた。

「そうですね」と頷いても、「まだ十二時間あります」と言ってもどちらもよけいに寂しくなりそうで、和哉は黙ったまま傍らにいることしかできない。

すると不意に「そうだ」と声が届く。

シルヴィオに寄りかかるようにして肩口に埋めていた顔を上げると、眼前の唇が美しいアーチを描く。

「一緒に行かないか？　イタリアに。連れて行きたいな。和哉も、来てみれば店のために得るものも多いと思うよ」

気軽な口調だが、瞳はそれを裏切っているように見えた。

彼も離れたくないのだと感じると、愛しさがこみ上げる。

だが、和哉は首を振った。

身を起こし、きちんと座り直すと、僅かに眉を寄せるシルヴィオを真正面から見つめ、一言一言をしっかりと告げる。

「ありがとうございます。そう言ってもらえるのは、凄く嬉しいです。でも、今その気はありません。店のこともあるし……それに、連れて行ってもらう、なんて嫌なんです」

「……」

「もし『そのとき』が来たら、僕のほうから『行く』と言います。ううん、言わずに、もう行っちゃうかもしれない」

「……和哉……」

「そのときが来たら、必ず行きます。自分の足で——自分の意思で」

和哉がきっぱりと、そして笑顔で言い切ると、シルヴィオは柔らかく微笑み、ふっと息をつく。

「……叶わないな、きみには」

そして、和哉の手をスイと捕らえたかと思えば、まるで生涯の愛を誓うように、その手にキスを落とした。

「だがそれでこそ、わたしが愛を捧げる恋人だ」

声は、優しく耳を撫で、夜に溶ける。

どちらからともなく抱き締め合い、ワインの味の口付けを繰り返し、微笑み合うと、「これから」へ続く特別の夜のとばりは、柔らかく二人を包んでいった。

END

あとがき

こんにちは、もしくははじめまして。桂生青依です。

このたびは本書をご覧下さいまして、ありがとうございました。

本作の主人公の一人、加々見は、前作『紳士と星夜の恋愛浪漫』が初登場のキャラクターです。その際はワンシーンの登場だったのですが、不思議と気になっていたので、今回、彼の人となりや恋について、改めて書くことができて、本当に嬉しく感じています。

大人同士の、甘くてちょっとスリリングな秘密の恋♥

楽しんで頂ければ何よりです。

そして私としては「その後の彼ら」についても気になるところで……。
あれこれと妄想の膨らむ二人ですし、今後も同人誌などで番外編として形にできればと思っています。
編集部気付でお手紙下さった方には、お礼状と共に「ご感想ありがとうございます」のスペシャル番外同人誌を検討していますので、どうぞお気軽にご感想お寄せ下さいね♥
お持ちしています♥

今回も素敵なイラストを描いて下さった明神先生には心からお礼を。

華やかで艶っぽい、大人の色気が漂うイラストはイメージ以上でうっとり♥　眼福です。ありがとうございました。

また、いつも的確で丁寧なアドバイスを下さる担当様、及び、制作担当様をはじめとする、本書に関わって下さった皆様にもこの場を借りてお礼申し上げます。

そして何より、いつも応援下さる皆様。本当にありがとうございます。

今後も引き続き、皆様に楽しんで頂けるものを書き続けていきたいと思いますので、どうぞよろしくお願いいします。

それでは。

読んで下さった皆様に感謝を込めて。

桂生青依　拝

◆初出一覧◆

マフィアの華麗な密愛　／書き下ろし

ビーボーイノベルズをお買い上げいただきありがとうございます。
この本を読んでのご意見・ご感想をお待ちしております。

〒162-0825 東京都新宿区神楽坂6-46
ローベル神楽坂ビル7階
リブレ出版㈱内 編集部

BBN B•BOY NOVELS

マファィアの華麗な密愛

2007年4月20日 第1刷発行
2007年5月25日 第2刷発行

著　者——桂生青依

発行者——牧　歳子
発行所——株式会社リブレ出版
〒162-0825
東京都新宿区神楽坂6-46ローベル神楽坂ビル6F
営業　電話03(3235)7405　FAX03(3235)0342
編集　電話03(3235)0317
印刷・製本——株式会社光邦

乱丁・落丁本はおとりかえいたします。
定価はカバーに明記してあります。

この書籍の用紙は全て日本製紙株式会社の製品を使用しております。

Printed in Japan
ISBN 978-4-86263-165-7